SV

Raymond Federman
betrifft: Sarahs Cousin

Roman

Aus dem Amerikanischen
von Peter Torberg

Suhrkamp Verlag

»betrifft: Sarahs Cousin« erschien unter dem Titel
»To Whom it may Concern:« 1990
im Verlag Fiction Collective Two. Boulder, Normal, Brooklyn

Erste Auflage 1991

Druck: F. Pustet, Regensburg
Printed in Germany

betrifft: Sarahs Cousin

Für das Team: Zoe, Sticky, Patsy, Jordan,
Betsy, Robin, Jimmy, Melanie, Erica …
New York, Pittsburgh, Buffalo, Los Angeles

Ich fürchte den Winter, denn das ist die Zeit der Behaglichkeit.

Arthur Rimbaud

Und alles, was wir über die Apokalypse wissen werden, handelt nicht von der Verwüstung danach, sondern von der Zerbrechlichkeit davor, dem blanken Stumpfsinn, den Spitzfindigkeiten.

Irving Feldman

Sonntag, 20. November

Hör mal ... nehmen wir an, die Geschichte beginnt damit, daß Sarahs Cousin mitten während seiner Reise ein paar Stunden Verspätung hat ... gestrandet in der Stadt, wo er und Sarah geboren wurden ... gestrandet am Flughafen ... viele Jahre nach dem großen Krieg, der bei Cousin und Cousine so tiefe Spuren hinterlassen hat, als sie Kinder waren ... ja, nehmen wir an ... das würde ihm Zeit zum Nachdenken geben ... um sich auf das Wiedersehen im gelobten Land vorzubereiten, nach all den Jahren der Trennung ... vor fünfunddreißig Jahren haben die beiden sich das letzte Mal gesehen ... ja, nehmen wir mal an ... und dann, wenn der Kampf mit den Wörtern vorbei ist, werde ich einen Schritt zurück treten und zuschauen, wie die Lügen sich zusammenfügen, um eine Wahrheit zu formen, die würdelos auf die Oberfläche des Papiers niedergerungen wurde.

So sehe ich diese Geschichte ... ihren Entwurf ... ihre Geographie. Auf der einen Seite ein Land, das verdreht dargestellt wird, und in dem Sarahs Cousin in den letzten fünfunddreißig Jahren lebte. Auf der anderen, weit weg, jenseits des Meeres, ein Land voller falscher Versprechungen, ein Stück Wüste voller Fata Morganas, in dem Sarah ebenso lang im selbstgewählten Exil lebte. Und dazwischen eingeklammert das Land, in dem Cousin und Cousine geboren wurden, und in dem während des Krieges eine unverzeihliche Grausamkeit begangen wurde. Dieser Ort wird eingeklammert bleiben. Er wird in der Tiefe der Vergangenheit der beiden schweben. Nach dem Krieg gingen sie fort. Er nach Westen und Sarah nach Osten.

Sollte dieser Cousin einen Namen haben? Ein Name ist so lästig. So einengend. Er beschränkt ein Wesen auf den Zufall der Geburt, drückt ihm eine bürgerliche Identität auf. Vielleicht kann man sich im Augenblick auf ihn als Sarahs Cousin beziehen. Ja, SARAHS COUSIN. Obwohl ihr Name später vielleicht auch gestrichen wird.

Das Flugzeug des Cousins sollte um 18 Uhr landen. Sarah und ihr Mann Elie warteten seit 4 Uhr auf dem Flughafen. Es sollte ein freudiges Ereignis werden. Sie sollten Witze darüber machen, was für ein komisches Empfangskommitee sie abgaben, und sich fragen, was er von ihnen halten würde; von diesen beiden eifrigen Landarbeitern, die in den letzten fünfunddreißig Jahren den Wüstensand fruchtbar machten. Sie sollten darüber schmunzeln, welch unpassende Delegation sie waren, um den berühmten Cousin in Empfang zu nehmen, den sie seit so vielen Jahren nicht gesehen hatten. Statt dessen machten sie sich wegen eines tragischen Zwischenfalls Sorgen, der erst vor wenigen Stunden stattgefunden hatte.

Um die Mittagszeit war auf der größten Straße der Hauptstadt ein Bus in die Luft gesprengt worden, und obwohl die Details des Attentats bisher noch spärlich waren, sprach jeder über diesen Angriff. Ein trauriger Tag für seine Ankunft. Sein erster Besuch, und ausgerechnet während eines Blutbads. Pech! Was wird er denken?

Die genaue Zahl der Toten und Verwundeten ist noch nicht bestätigt worden. Einige sagen, es seien fünfundzwanzig Personen ums Leben gekommen, darunter fünfzehn Kinder, und mehr als dreißig seien verletzt worden. Andere sprechen von mindestens vierzig Toten und davon, daß von den Verwundeten viele nicht überleben werden. Es war grauenhaft. Bustrümmer und zerfetzte Leichenteile lagen verstreut im Umkreis von mehr als dreißig Metern um den Explosionsort herum. Augenblicke später trafen Polizei und eine Sondereinheit der Armee am Unfallort ein. Die Hauptstraße und alle Verbindungsstraßen sind noch immer für den Durchgangsverkehr gesperrt, und Fußgänger werden in sicherem Abstand gehalten. Mehrere Verdächtige wurden bereits verhört, andere suchte man in der ganzen Stadt. Wie immer bei solchen Zwischenfällen ist der Flughafen in Alarmbereitschaft versetzt worden. Alle Flüge sind verschoben worden. Man spürt in der Abflughalle die Anspannung, die Wut. Es wimmelt von Polizisten und Soldaten mit Gewehren und Sprechfunkgeräten. Alle Koffer und Taschen werden durchsucht, Personen beiseite geführt, um sie zu verhören.

Der Cousin, der mitten während der Reise aufgehalten wurde, weiß nichts von der Explosion, genausowenig wie jemand anderes außerhalb des Landes. Die Nachricht ist noch nicht in die Welt hinausgedrungen. Er wird später bei seiner Ankunft davon erfahren, und auch er wird traurig und bestürzt sein, obwohl er nur Besucher ist, Außenstehender in diesem unruhigen Land.

Der junge Offizier, der die Einheit befehligt, welche das Bombenattentat untersucht und die Verdächtigen verhört, heißt Yossi. Yossi ist Sarahs Sohn, muskulös, schlank, sonnengebräunt, arrogant, mit brüsken Bewegungen und Worten. Natürlich weiß Sarah nicht, daß ihr Sohn das Kommando innehat, aber sie spürt körperlich, daß er vielleicht daran beteiligt sein könnte. Vom ersten Tag an, als er sich der Spezialeinheit anschloß, kurz nach seinem Militärdienst, war Yossi mit vielen Terroristenüberfällen beschäftigt, hatte Verdächtige verhaftet und verhört, andere bis in die letzten Winkel des Landes verfolgt, war in Gefechte mit ihnen verwickelt und hatte sogar ein paar von ihnen getötet. Eines Nachts war Yossi mit einer Schußwunde an der Schulter nach Hause gebracht worden; auf die Lagerfarm in der südlichen Wüste, wo Sarah und Elie schon lebten und arbeiteten, seit sie in diesem Lande waren. So viel Geschichte ist hier nachzuerzählen. Und auch soviel Geographie. Die Wunde war nur oberflächlich, aber seit jenem Tag hat Sarah viele schlaflose Nächte hinter sich gebracht und sich um ihren Sohn gesorgt, sich damit gequält, was er tat. Er könnte so friedlich mit ihnen auf dem Hof leben. Aber Yossi beharrt darauf, irgend jemand müsse diese Art von Arbeit doch tun.

Während Sarah am Flughafen wartet und sich noch immer wegen des Bombenattentats Sorgen macht, fühlt sie sich hin- und hergerissen zwischen Freude und Verzweiflung. Glücklich darüber, daß sie ihren Cousin nach so vielen Jahren wiedersehen wird, und verzweifelt, weil sie weiß, weil sie spürt, daß Yossi wieder sein Leben riskiert. Ihr Cousin und ihr Sohn. Sie liebt sie beide so sehr.

Yossi hat diesen Cousin nie kennengelernt, aber viel von ihm gehört. Weltreisender und berühmter Künstler. Natürlich liebt Sarah auch Elie, ihren Gefährten in vielen harten Jahren, aber ihrem Cousin gegenüber hegt sie eine besondere Zuneigung. Sie haben im Krieg so viel gemeinsam durchgemacht, als sie Kinder waren. So viel Leid und Elend. Ach, so vieles, an das sie sich erinnern müssen, was sie ihm sagen und zeigen muß während seines Besuchs. Drei Wochen sind so kurz.

Begreifst Du, was ich hier auf die Bühne zu bringen versuche? Auf der einen Seite der Cousin, gestrandet am Flughafen der Stadt, in der alles begann, scheinbar ruhig und bedächtig, und dennoch hin- und hergerissen, während er über seine Niederlagen nachdenkt, der Begegnung mit seiner Cousine sorgenvoll entgegensieht und sich an die fürchterlichen Kriegsjahre erinnert. Auf der anderen Seite Sarah, die auf die

Ankunft ihres Cousins mit einer merkwürdigen Unruhe im Leib wartet, in einer Stimmung, die aus Freude und Furcht, Besorgnis und Aufgekratztheit besteht. Zwei Wanderer, die sich vor Jahren in entgegengesetzte Richtungen aufmachten. Er, um seiner künstlerischen Berufung zu folgen, und sie, um dabei zu helfen, ein unfruchtbares Stück Wüste in ein heiteres und dennoch erbarmungsloses Land zu verwandeln.

Siehst Du, was da vor mir liegt? Fünfunddreißig Jahre aus dem Leben des Cousins an einem Ort, der, wie er im Laufe der Zeit begriff, sich selbst auf der Grundlage seiner eigenen ziellosen Einbildungen fortschreibt und wo die beim Zusammenstoß mit der Desillusion freigesetzte Energie bereits im voraus verbraucht wird. Und bei Sarah die gleiche Anzahl von Jahren in einem Land, das ständig hin- und herschwankt zwischen dem Traum von einer Utopie und einem Alptraum der Zerstörung. Und im Hintergrund lauernd das Land mit seiner bedauernswerten Geschichte, in dem Cousin und Cousine geboren wurden, aufwuchsen und in dem sie es schafften, den Krieg allein zu überleben, als sie noch Kinder waren. Wie kam es, daß sie sich trennten? Wie gingen sie auseinander? Das werde ich Dir erzählen.

Ja, Sarah und ihr Cousin überlebten, aber ihre Eltern nicht – sein Vater war ein jüngerer Bruder ihrer Mutter – nein, sie wurden ausgelöscht. Und Sarahs zwei Brüder und die beiden Schwestern ihres Cousins auch.

Jeder von ihnen brutal ausgeixt ... vernichtet. Man nahm ihnen den Atem und verbrannte ihre Leichen in riesigen Öfen. Darüber gibt es Aufzeichnungen.

X-X-X-X, so gab der Cousin einmal in einem Brief an Sarah eine Darstellung der völligen Abwesenheit seiner und ihrer Familie. Ihre völlige Ausradierung. Sie fand es sehr beunruhigend, daß unbedeutende Symbole so viel bedeuten konnten. Ergreifend, daß ihr Cousin diese einfache, bewegende Art gefunden hat, die Auslöschung der Menschen auszudrücken. Vielleicht, weil er Künstler ist.

Ja, ich habe mich entschieden, ihn für einen Bildhauer zu halten. Ein verrückter Meißler von Holz, Stein und Metall. Eigentlich ist der Hauptgrund für seinen Besuch in Sarahs Land eine Retrospektive seines Werks, die im Nationalmuseum für Moderne Kunst gezeigt wird – ein Werk, das ihm weltweite Reputation als wilder, rücksichtsloser und dennoch sensibler Künstler eingebracht hat. Aber die Bildhauerei ist häufig sanft und gewalttätig zugleich, und Sarahs Cousin ist sicher eine Mischung aus Zärtlichkeit und Ungestüm. Sein Gesicht mag Gutmütigkeit und Generosität widerspiegeln, aber sein Körper befindet sich in einem ständigen Aufruhr aus Angespanntheit und Wut. Die Figuren in seinen Skulpturen treten kaum aus dem rohen Material hervor. Sie scheinen entweder darum zu kämpfen, hervorzutreten und zu sein, oder sich in einen Zustand des Nicht-Seins zurückzuziehen.

Sarah hat die Skulpturen ihres Cousins nie gesehen und fragt sich oft, ob sie wohl modern sind. Kalt und kalkuliert. Roh und unvollendet. Oder ob es glatte Figuren sind. Sentimental und kontemplativ. Er muß ein bedeutender Künstler sein, sonst hätten sie ihn nicht eingeladen. Sarah ist sich bewußt, daß ihr Cousin wegen der Ausstellung gekommen und offiziell vom Kulturministerium eingeladen worden ist, aber sie hofft, daß er auch kommt, weil er sie sehen und bei ihr sein will, so sehr wie sie ihn nach all den Jahren sehen und bei ihm sein will. Sie standen sich so nah, waren so abhängig voneinander, als sie sich am Ende des Krieges wiederfanden und feststellten, daß ihre Eltern, Brüder und Schwestern verschwunden waren. Ja, so nah, bevor er sich entschloß, allein ins Land der Möglichkeiten aufzubrechen.

Sarah hat sich oft gefragt, warum er dorthin gehen mußte. Warum hat er nicht gewartet und ist mit ihr hierhergekommen, wohin er gehörte? Sie waren nicht einfach Cousin und Cousine, als sie nach dem Krieg zusammen lebten, sondern eher Bruder und Schwester. Drei Jahre lang lebten sie zusammen in einem schäbigen kleinen Zimmer. Sie teilten sich sogar dasselbe Bett. Trösteten einander.

Obwohl es eine unausweichliche Tatsache dieser Geschichte ist, daß Sarah und ihr Cousin Überlebende der End-Vernichtung sind, ist dies doch nicht ihr eigentliches Anliegen. Dennoch muß man auf diesen Punkt zu sprechen kommen. Ich kann schon die Einsprüche hören. Nicht schon wieder!

Warum eigentlich nicht? Ein Thema so gut wie jedes andere und ziemlich in Mode heutzutage. Jedem seine eigene Katastrophe. Die Unfallkatastrophe auf der Straße, die Katastrophe eines Flugzeugabsturzes, die Katastrophe rassischer oder politischer Morde, die Katastrophe eines Terroristenüberfalls, die Hunger- oder Naturkatastrophe. Katastrophe – allgemeiner Begriff für das Unheil, an dem wir teilnehmen und das in uns ein nagendes Gefühl von Ungerechtigkeit auslöst. Aber mal im Ernst, und das ist sehr ernst gemeint, müssen wir wieder darauf kommen? Dieselbe alte traurige Geschichte? Ist es eine gute Idee, dasselbe Melodram aufzuführen wie zuvor? Dasselbe alte Lied? Heh, Kumpel, hast du es nicht langsam satt, immer und immer wieder dieselbe Melodie zu spielen? Zweifellos ist das ein kraftvolles Thema: die Rekonstruktion einer traumatischen Vergangenheit. Er glaubt, daraus ein großes Buch machen zu können, wenn er sich nicht allzu häufig wiederholt. Aber er macht sich Sorgen; haben wir nicht genug von diesen unverzeihlichen Greueln? Trotzdem werden wir kurz darauf zu sprechen kommen. Wie Cousin und Cousine es schafften, während der Invasion zu überleben, wie sie sich weit voneinander entfernten und nach vielen Jahren wieder zusammenkommen. Das ist die Geschichte, die ich erzählen möchte.

Die Frage, die ich mir stelle, hat allerdings mit der Geschichte nichts zu tun. Die Geschichte? Stets dieselbe. Die Frage nach Klang und Form der Geschichte ... ihrer Geometrie. Ja, wie soll man die Geschichte von Sarah und ihrem Cousin aufführen?

Wie anfangen, um das Wichtige nachzuerzählen, ohne in Sentimentalität zu verfallen, und dennoch mit der gerade richtigen gefühlsmäßigen Stärke? Ich suche nach einem möglichen Anfang, einem fertigen Modell. Die Art von Eröffnung, die alles an seinen Platz rückt und den Rest der Geschichte von allein laufen läßt. Ich finde einige, probiere sie aus, formuliere sie um, damit sie meinem Zweck dienen, nur um zu sehen, ob sie das Ding in Gang bringen.

Vor ein paar Tagen spielte ich mit folgender Idee:

Sarah badete ihre Puppe im Küchenwaschbecken, als der Wind des Schicksals zu wehen begann. Die verputzten Wände des schäbigen Zimmers, ganz verloren im Lärm des großen Krieges, erzitterten beim ersten Angriff bis in ihre Festen.

Ich verwarf diesen Einstieg. War mir zu lyrisch, zu melodramatisch. Ich versuchte sogar das gute alte ›Es War Einmal‹, aber selbst das funktionierte nicht mehr. Wir reden hier nicht über ein Märchen, wir reden über eine Geschichte, die während des Erzählens zur absoluten Wahrheit werden könnte.

Wie also beginnen? Vielleicht über einen Umweg, eine Verzögerung im Zentrum der Geschichte. Etwa so: Stell Dir einen Mann in seinen frühen Fünfzigern vor, mit dickem kurzem grauem Haar (römische Art, nach vorn gekämmt, Du weißt schon), recht gut aussehend, gedrungen, aber nicht fett, in guter Verfassung für sein Alter, er liebt ein hartes Tennis, auch Golf (und, ja, ja natürlich, er liebt es zu bumsen), mit einem Gesicht, in das sich eine Mischung aus Entschlossenheit und Verschlagenheit, Zuneigung und Hinterhältigkeit gegraben hat; auf den ersten Blick schwer zu sagen, ob er ein Intellektueller oder ein Geschäftsmann ist. Er wundert sich oft darüber, daß in einem einzigen Wesen so viel Unzusammenhängendes auf so unpassende Art zusammengefügt worden ist. Eine recht prominente Nase.

Die Tatsache, daß diese Geschichte an ihrem Anfang sich auf diesen Mann konzentriert, wird erklärlich, erwähnt man, daß er unter dem Zeichen des Saturn auf die Welt gekommen ist, dem Planeten der Abschweifungen und Verzögerungen. Als wir ihm per Zufall begegnen, befindet sich dieser Mann gerade auf dem Weg von einem Ende der Welt zum anderen. Eine lange Reise, von hier nach irgendwo. Sein erster Besuch in jenem fernen Land überhaupt; eine für ihn schwierige Entscheidung. Das ist wichtig.

Es ist der 30. April, viele Jahre nach dem Krieg. Dem Großen Krieg, der einen wichtigen Stellenwert einnimmt in dieser Geschichte, weil er ihre Personen so dramatisch beeinflußt hat ... und so traumatisch ist. Der 30. April, weil diese Reise exakt mit jenem Datum zusammenfallen muß, an dem der Diktator, der diesen großen grausamen Krieg ausgelöst hatte, in irgendeinem Untergrundschlupfwinkel sich erschoß, als seine Armeen besiegt waren.

Nach der Landung beim planmäßigen Zwischenstop jenseits des Ozeans verspätet sich der Weiterflug des Mannes um zwei Stunden. Diese zweistündige Verzögerung wird entscheidend sein für die Geschichte, für ihre Form. Alles wird sich während dieser Verzögerung abspielen.

Ein kleines technisches Problem, wird den Passagieren mitgeteilt, als sie gebeten werden, das Flugzeug zu verlassen und sich in die Wartehalle zu begeben. Man wird dort Kaffee und Croissants servieren. Eine nette landestypische Geste. Einige der Passagiere fragen sich, ob es wirklich ein mechanisches Problem gibt oder etwas Ernsteres. Vielleicht eine Bombendrohung. Schließlich geht der Flug in ein Land, das ständig von terroristischen Überfällen bedroht wird. Alles, was mit ihm zu tun hat, ist gefährlich und problematisch, diese Geschichte inbegriffen. Ja, es wird ein gefährliches Unterfangen werden und die Absurdität herausfordern, die im Hintergrund lauert und auf übermäßige Gefühle wartet.

Der Mann macht einen ruhigen, gelassenen Eindruck. Um zu lesen, hat er sich in einer Ecke der Wartehalle in einen komfortablen Sessel gesetzt, ist aber nicht fähig, sich auf sein Buch zu konzentrieren. Seine Gedanken gleichen Wellen, die an einen Felsen schlagen. Er kann sie nicht festhalten, während sie vor ihm brechen und verströmen. Hier ist er nun, an seinem Geburtsort, an dem vor Jahren so viel geschah. Er dreht und wendet dieselben Gedanken immer und immer wieder, während er ein zynisches Lächeln aufzusetzen versucht.

Im zweiten Jahr der Invasion, am 16. Juli – um es authentischer zu gestalten –, dem trüben Tag des großen ›Zusammentriebs‹, als ihre Eltern, Brüder und Schwestern und mehr als 20 000 andere, die von der Regierung als staatenlos bezeichnet worden waren, verhaftet wurden, war Sarah neun und ihr Cousin zwölf. Da sie in verschiedenen Vierteln der Stadt lebten, wußte keiner vom anderen, daß er dem ›Zusammentrieb‹ entkommen war und daß sie an jenem Tag in diese riesige zusammenhanglose Menge von möglichen Überlebenden gestoßen worden waren. In den folgenden drei Jahren irrten Sarah und ihr Cousin getrennt umher, bis sie sich am Ende des Krieges begegneten. Tief gezeichnet von dem, was sie erlebt hatten, und selbst heute noch macht ihr Überleben keinen Sinn für sie, obwohl sie sich versöhnt haben mit dem Überschuß an Leben, vom Schicksal ihnen zugewiesen.

Seit vier Uhr in der Früh an jenem 16. Juli wurden diese abstoßenden Leute (wie die Regierung sie nannte) in der Stadt gejagt. Verhaftungen wurden von den Besatzungstruppen und den kollaborierenden Milizen vorgenommen. In zwei Tagen wurden 21 884 von ihnen gefangengenommen, darunter 9051 Kinder. Männer ohne Familie wurden auf Lastwagen direkt zu den Bahnstationen gebracht, von wo sie sofort weitergeschickt wurden. Eltern und Frauen mit Kindern wurden in eine riesige Hallenarena gebracht. Ein hochrangiger Bürokrat in der Regierung stellte sich vor, daß das Zusammentreiben Tausender von Kindern und Erwachsenen in den bedrückenden Stadionraum für dieses Ungeziefer, wie er sie nannte, das bekannte Gottesgericht ihrer mythischen Vergangenheit wiedererschaffen würde. Vier Tage lang blieben die Gefangenen ohne Nahrung eingepfercht. Ein einziger Straßenhydrant versorgte sie mit Wasser, und ein Dutzend transportabler Latrinen stellte die einzige Toiletteneinrichtung dar. Mehrere Frauen gebaren in jenen vier Tagen ohne jede medizinische Betreuung. Sechsundvierzig Menschen starben, sechzehn von eigener Hand, eine nicht bekannte Anzahl wurde verrückt. Eine dreifache Epidemie von Masern, Scharlach und Diphtherie brach aus. Viele Frauen wurden von den Wachen sexuell mißbraucht, und drei kleine Mädchen wurden geknebelt und bewußtlos unter den Stadionsitzen aufgefunden; ihre Schenkel waren blutverschmiert. Am vierten Tag trennte man die Kinder von den Eltern. Die Erwachsenen wurden in eine Richtung abtransportiert, die Kinder in eine andere.

Sarah hatte das vor kurzem in einem Buch mit dem Titel AN ALLE, DIE ES ANGEHT gelesen. Selbst nach all diesen Jahren schien sie, wie ihr Cousin, das Bedürfnis zu haben, die Einzelheiten jenes Geschichtsaugenblicks zu beglaubigen, der ihren Lebensweg veränderte. Oft versucht sie sich vorzustellen, wie es an jenem Ort gewesen sein muß, zu dem man ihre Eltern und Brüder gebracht hatte. Was hatten sie dort gemacht? Hatten die Soldaten ihnen wehgetan? Waren sie die ganze Zeit über hungrig? Sahen sie sich? War es ihnen erlaubt, miteinander zu sprechen? Als sie starben, starben sie schnell, oder litten sie eine lange Zeit? Beobachteten sie sich beim Sterben? Wurden ihre Leichen zu Gegenständen verarbeitet, oder warf man sie mit all den anderen verdrehten menschlichen Kadavern in die große Grube, die man nach dem Krieg auf den Photographien und in den Wochenschauen sah?

Sarah sieht sich oft als kleines Mädchen nackt in einer Folterkammer stehen, während sie zuschaut, wie ihre zwei Brüder verstümmelt werden. Sie streckte ihre Hände nach ihnen aus, um sie zu retten, aber sie schämt sich ihrer Nacktheit, und während sie mit einer Hand ihre Augen bedeckt, verbirgt sie mit der anderen ihr Geschlecht. In dieser Szene bleiben ihre Brüder stets die pummligen kleinen Jungen, die sie zuletzt an jenem Morgen des 16. Juli gesehen hat. Sie war nie in der Lage, sie sich als erwachsene Männer vorzustellen, obwohl sie sich in all den Jahren oft eingebildet hat und sich selbst glauben machte, daß ein Mann, ein großer, gutaussehender Mann, den sie zuerst nicht erkennt, an ihrer Tür erscheint und zu ihr sagt: Ich bin dein Bruder, ich habe überlebt, habe all die Jahre nach dir gesucht; in allen Winkeln dieser Erde. Es ist ihr Bruder Benjamin, ja, jetzt kann sie ihn erkennen, an seinen Augen, seinen blaßgrauen Augen, sanft und durchsichtig, genau wie die ihren.

Es ist immer Benjamin, der jüngere ihrer beiden Brüder, der in ihrer Phantasie überlebt, niemals Simon, der ältere, der zu schwach und zu krank war als Kind, um eine Chance gehabt zu haben. Sarah weiß, daß jene, deren Eltern, Brüder oder Schwestern während des Krieges vernichtet wurden, oft davon träumen, tagträumen, daß einer von ihnen davongekommen ist und die Welt durchwandert hat auf der Suche nach Familienangehörigen. Aber sie sorgt sich darüber, daß es niemals ihr Vater ist oder ihre Mutter oder ihr älterer Bruder, der überlebt. Es ist stets Benjamin, der kleine Benjamin mit seinen blaßgrauen Augen und rosigen Wangen. Sie fragt sich, ob ihr Cousin seine Eltern oder seine Schwestern auch auf diese Weise auferstehen läßt. Sie wird ihn fragen. Vielleicht seine jüngere Schwester. Sie war im gleichen Alter wie Sarah. Sie spielten oft miteinander. Sie hieß Jacqueline. Sie war so schön mit ihren langen lockigen Haaren und ihren großen schwarzen Augen. Sie wollte Ballerina werden.

Warum stets Benjamin und nicht die anderen? Vielleicht, weil Sarahs Sohn ihm so sehr ähnlich sieht. Manchmal, wenn sie allein ist, holt Sarah das einzige Foto von ihren Brüdern hervor und betrachtet es. Obwohl sie die Gesichter auf dem verblichenen braunen Bild kaum erkennen kann, versucht sie, eine Familienähnlichkeit mit ihren eigenen zwei Kindern auszumachen. Oft weint sie leise, während sie die kleinen Jungen in kurzen Hosen mit ihren glatt gekämmten Haaren betrachtet. Sie weint nicht, weil sie sich selbst bemitleidet (in diesem Land aus Fels und Sand hat sie gelernt, Selbstmitleid zu unterdrücken), sondern weil es manchmal gut tut zu weinen. Das sagt sie Yossi, der sie schimpft, wann immer er sie allein, mit tränenfeuchten Augen, vor diesem Foto sitzen sieht. Du und deine Geschichte, sagt er ihr. Glaubst du nicht, daß es Zeit ist, zu vergessen? Mutter, du bist seit fünfunddreißig Jahren in diesem Land. Das ist jetzt dein Leben; dieser Ort, den du mit eigenen Händen aufzubauen geholfen hast, zählt, nicht diese vermaledeiten Erinnerungen.

Ach Yossi, so stark, so hart, diesem Land, in dem er geboren wurde, so ergeben. Wie soll sie ihm erklären, daß es ohne diese trübe Geschichte vielleicht kein Land für ihn geben würde? Welch schleichende Ironie! Wie kann sie ihrem fünfundzwanzigjährigen Sohn, der bereits in zwei Kriegen gekämpft und Dutzende von Menschen getötet hat, erklären, daß diese zwei kleinen Jungen in kurzen Hosen, eingefroren in diesem Bild, seine Onkel sind. Onkels sollten Männer sein, die Weltoffenheit und Generosität ausstrahlen – Männer mit buschigen Schnurrbärten und breiten Schultern, die Pfeife rauchen, immer teure Geschenke mitbringen und wundervolle Geschichten von ihren Reisen durch die Welt erzählen. Onkel Benjamin,

Onkel Simon, oh, wie sehr Sarah sich wünscht, sie könnte ihre Kinder diese Namen aussprechen hören.

Onkel Benjamin, erzähl uns von der Zeit, als du im Dschungel auf Jagd warst und fast von einem Löwen verschlungen worden bist! Oh, Onkel Simon, erzähl uns noch einmal, wie es war, als du Seemann warst und dein Schiff unterging! Ja, das ist die Art von Geschichten, die Onkels ihren Neffen erzählen sollten. Geschichten voller Übertreibungen und Lügen, Geschichten, die kleine Jungen und Mädchen von Abenteuern in fernen Ländern träumen lassen. Man sollte sich an Onkels nicht als tote Kinder erinnern.

Sarah fragt sich oft, ob Benjamin wohl wie Yossi gewesen wäre. Yossi, sie liebt ihn so sehr. Ihren Bruder-Sohn. Wie ist es möglich, daß diese Familienlinien so verwischt sind? Kann ein Sohn seiner Mutter jemals ein Bruder sein, oder ist das wider die Natur? Wie ist es möglich, fragt sie sich oft, daß sie hier ist, an diesem wunderschönen Ort, noch immer am Leben und fast zufrieden mit ihrer Existenz, und ihre Brüder nicht? Wer traf diese Entscheidung?

Als die Soldaten kamen, an jenem Morgen des 16. Juli, war die kleine Sarah nicht daheim. Ihre Mutter hatte sie in die Bäckerei gleich um die Ecke geschickt, um einen Laib Brot zu kaufen. Die Bäckerei war an jenem Morgen ungewöhnlich voll, die Straßen waren es auch, obwohl es noch früh war, noch keine sieben Uhr. Mehrere Frauen standen an der Kasse und redeten mit gesenkten Stimmen, und Sarah brauchte eine Weile, um sich an ihnen vorbeizudrängeln und das Brot zu bezahlen. Sie hielt das Geld und die Rationierungsabschnitte fest in der Hand und kam sich zwischen diesen Frauen sehr erwachsen vor. Sarah liebte es, in die Bäckerei zu gehen, weil die Bäckersfrau, eine sehr dicke, aber sehr nette Dame, ihr manchmal ein Stück Kuchen gab, einfach so, umsonst, als Geschenk, obwohl damals alles rationiert war.

Sarah war der Liebling aller Ladenbesitzer in der Nachbarschaft. Sie nannten sie die kleine Maus. Sie war so schüchtern. Immer hielt sie sich an der Hand oder am Rock ihrer Mutter fest.

Oft sagte man ihr, wie lieb sie aussehe mit ihren lockigen braunen Haaren und ihren blaßgrauen Augen. Und so gut erzogen und höflich, sagten die Leute in der Nachbarschaft ihrer Mutter. Aber ein wenig zerbrechlich, wissen Sie. Viel zu dürr für ihr Alter. Ja, natürlich, es ist schwer in diesen Zeiten mit den Nahrungsmitteln, und alles ist so knapp, aber Sie sollten versuchen, ihr mehr zu essen zu geben.

Sarah mochte am liebsten Schokoladen-Eclairs. Erzähl nur deinen Freundinnen in der Schule nicht, daß ich dir davon gebe, flüsterte die Frau in der Bäckerei dem kleinen Mädchen ins Ohr und schüttelte vor ihr den Zeigefinger, sonst gibt es keinen Kuchen mehr. Sarah kam sich wichtig vor, wenn sie allein das Brot einkaufen ging, ohne daß ihre Brüder auf sie aufpaßten. Normalerweise sorgte die Bäckersfrau dafür, daß Sarah den Kuchen gleich im Laden aß, aber wenn das Geschäft voll war und keiner zuschaute, nahm Sarah den éclair mit nach Hause und teilte ihn mit Simon und Benjamin. Sie trug ihn in der hohlen Hand wie einen verwundeten Vogel und versuchte ihn nicht zu zerdrücken, auch wenn die Schokolade auf dem éclair langsam zwischen ihren Fingern schmolz, besonders im Sommer, wenn es heiß war.

Am Morgen des 16. Juli schien in der Bäckerei keiner von ihr Notiz zu nehmen. Die Bäckersfrau gab ihr einen Laib Brot, aber keinen Kuchen. Als sie zu Hause ankam, stand die Nachbarin im Bademantel auf dem Treppenabsatz. Die Frau erzählte Sarah, daß ihre Eltern und Brüder zusammen mit den Soldaten fortgegangen waren.

Sarah verstand nicht, was die Frau sagte, begriff auch nicht die ungeheuren Konsequenzen dessen, was geschehen war. Sie brach nur in Tränen aus, rieb sich die feuchten Augen mit ihrer kleinen Faust und stammelte, warum ... haben sie nicht ... warum haben sie nicht auf mich gewartet? Warum haben sie nicht ... gewartet?

Ihre Mutter hatte sie nicht zufällig zurückgelassen. Vielleicht aus einer dunklen Vorahnung heraus schickte sie Sarah absichtlich los, um Brot zu kaufen. Das begriff Sarah nach vielen Jahren, in denen sie diesen Augenblick in ihrer Vorstellung durchlief.

Aber warum sie und nicht ihre Brüder? Oder wenigstens einen ihrer Brüder? Warum nicht Benjamin? Glaubte ihre Mutter, daß jemand in der Nachbarschaft Mitleid mit ihrem kleinen Mädchen haben und es retten würde? Welcher Instinkt leitete diese Handlung?

Wenn sie eine solche Entscheidung treffen müßte, nur eines ihrer Kinder retten zu können, ihren Sohn oder ihre Tochter, fragt sich Sarah oft, welchen von beiden würde sie wohl auswählen? Sie weiß, es würde Yossi sein. Ja, sie würde nicht zögern. Yossi müßte überleben, und sie hat deswegen keine Schuldgefühle, denn sie weiß, daß auch heutzutage eine Mutter, wie in alten Zeiten, ein solches Opfer bringen muß.

Die Nachbarin, deren Ehemann gerade zur Arbeit gegangen war, nahm Sarah mit in ihre Wohnung und versuchte, sie zu beruhigen. Sie gab ihr eine Tasse warme süße Milch, sagte ihr, sie solle aufhören zu weinen, daß es ein Irrtum sei, daß alles in Ordnung käme. Du wartest einfach hier bei mir, und du wirst sehen, deine Eltern und Brüder kommen bald wieder zurück. Ich bin sicher, die Soldaten überprüfen nur ihre Papiere. Das ist, weil deine Eltern ... verstehst du ... sie sind Ausländer. Das ist eine Routineangelegenheit. Sie überprüfen Ausländer andauernd. Ich sehe wirklich keinen anderen Grund, warum die Soldaten sie mitgenommen haben. Aber am späten Vormittag begriff die Frau, daß sie in Schwierigkeiten kommen konnte, wenn sie das kleine Mädchen bei sich behielt.

Die Regierung hatte vor kurzem strikte Befehle ausgegeben, die das Verstecken staatenloser Personen oder Fluchthilfe betrafen. Und außerdem würde ihr Mann, der oft Bemerkungen machte über diese dreckigen Leute, die Ausländer, die in unser Land kommen und unser Brot essen, wütend werden wegen dieser dummen Sache.

Sie versuchte ihre Nervosität sich nicht anmerken zu lassen und sagte Sarah, da sie von ihren Eltern getrennt worden sei, weil ihre Mutter sie in die Bäckerei geschickt hatte, gerade als die Soldaten kamen, sei es das beste, zum Militärhauptquartier zu gehen, um die Situation aufzuklären. Ich werde dich hinbringen und ihnen erklären, was passiert ist, sagte die Nachbarin zu Sarah, während sie sich schnell anzog. Wir werden erzählen, wie deine Mutter dich zum Broteinkauf geschickt hat, kurz bevor sie gekommen sind. Sie werden es verstehen. Wir werden ihnen sagen, daß es ein Fehler war, sie werden deine Eltern finden und dich zu ihnen bringen. Ich sehe keine andere Möglichkeit.

Obwohl Sarah diese Frau kaum kannte (ihre Eltern sprachen nie mit diesen Nachbarn, die auf demselben Stock wohnten), war sie schnell überzeugt, daß dies das beste war, was man tun konnte, aber sie machte sich Sorgen wegen des Brotes. Sie wußte nicht, ob sie es mit sich nehmen konnte zur Polizeiwache oder ob sie es bei der Frau lassen sollte. Ihre Mutter würde schimpfen, wenn sie unachtsam mit dem Brot umginge.

Laß das Brot hier, sagte die Frau, ich werde es für dich aufheben, und du kannst es später holen, wenn du mit deiner Familie heimkommst ...

Nun, genug für diesmal. Ich weiß, ich habe unsere Korrespondenz vernachlässigt. Die letzten Monate waren die Hölle. Ich versteckte mich im Keller meiner eigenen Verzweiflung, eigentlich gefiel es mir dort sogar. Eine nette einsame Zeit in der Hölle. Eines Nachts, in der dreckigen Dunkelheit dieses Lochs, schwand die gesamte Hoffnung auf Menschlichkeit aus meinem Verstand. Es fühlte sich gut an, fühlte sich an wie das Ende, wie die endgültige Lösung. Aber nun bin ich wieder aufgetaucht ... zurück an die Oberfläche. Wieder einmal muß ich mich diesem Angriff gleichzeitiger Ereignisse aussetzen, die Leben heißen.

Gestern steckte ich die Nase zum Fenster raus. Der Winter ist da. Die Bäume und die unentschlossenen Vögel in den Bäumen sagten es mir. Es ist kalt und windig da draußen, unfreundlich. Ich fürchte den Winter, denn das ist die Zeit der Behaglichkeit, wie Rimbaud es einmal ausdrückte.

Heute morgen sprach ich ein paar Worte mit Sam. Als Du das letzte Mal hier warst, hatte er Flöhe, und gemeinsam haben wir den Knaben in der Badewanne heftig geschrubbt. Weißt Du noch? Was für ein Durcheinander. Oh, außerdem, Didi, der Kater war ... mußte eingeschläfert werden. Sechzehn Jahre alt und immer noch arrogant, besonders seinem Kumpel

Sam gegenüber, Sam, dem Furchtsamen, wie wir ihn nennen. Didi hatte ein Krebsgeschwür am Hals. Konnte nichts mehr essen. Die Haut fiel ihm von den Knochen und die Haare gingen ihm aus. Wir schauten zu, wie er direkt vor unseren Augen Tag für Tag zu einer häßlichen Geisterkatze wurde. Wir bekamen diesen erstaunlichen Brief vom Tierarzt.

Bitte nehmen Sie Mitgefühl und Bedauern des gesamten Personals der Sheridan Tierklinik entgegen – stand in dem Brief. Der Verlust eines Haustieres, das krank gewesen ist oder verletzt wurde, bedeutet einen emotionalen Verlust, den nur diejenigen zu würdigen wissen, die sich intensiv um Tiere kümmern. Sie können beruhigt sein – hieß es weiter in dem Brief –, daß die schwere Verantwortung der Euthanasie von uns nicht auf die leichte Schulter genommen wird. Wir wägen den körperlichen Zustand, den Krankheitsverlauf und die Chancen für eine Heilung gegeneinander ab. Basierend auf diesen Tatsachen ist es manchmal menschlicher, sich für die Euthanasie zu entscheiden. Wir hoffen, daß wir Ihnen in diesen schwierigsten Zeiten im Leben eines Haustierhalters helfen konnten. Wenn wir Ihnen im weiteren unsere Hilfe anbieten können, zögern Sie bitte nicht, uns aufzusuchen.

Was für ein mitfühlendes Schreiben. Diese Veterinäre haben Stil. Wir wußten nicht, ob wir lachen oder weinen oder trauern und ein ganzes Jahr lang Schwarz tragen sollten. Stell Dir vor: Wenn wir Ihnen im weiteren unsere Hilfe anbieten können ... Wie wärs mit diesem schmerzlosen Tod bei mir? Das würde eine Menge Probleme lösen.

Ja, ich sprach zu Sam, und ich denke, er hat verstanden, was ich sagte. Er muß sich gefragt haben, wo ich die ganze Zeit gewesen bin und wohin Didi verschwunden ist, nehme ich an. Er wedelte fröhlich mit dem Schwanz, rannte wie blöd zur Tür und winselte, um spazieren zu gehen. Hier unter uns sprechen wir das Wort nicht aus, wir buchstabieren es – S.P.A.Z.I.E. R.E.N. Der kleine Junge wird jedesmal verrückt, wenn er das Wort hört, selbst wenn wir es auf Französisch oder Deutsch sagen. Es ist Monate her, daß ich mit Sam um den Block s-p-a-z-i-e-r-e-n gegangen bin und zugeschaut habe, wie er an jeden Baumstamm in der Nachbarschaft pinkelte. Ja, er muß sich wohl seine Gedanken gemacht haben über meine Abwesenheit.

Du fragst, ob ich schreibe. Nein. Seit mehr als einem Jahr nicht. Kein bißchen. Nicht das geringste bißchen. Völlige Verantwortungslosigkeit meiner Arbeit gegenüber. Früher war ich in der Lage, mich selbst durch erfundene Geschichten in eine Vollkommenheit zu versetzen, aber nicht mehr in letzter Zeit. Ab und an betrachte ich meine alten Bücher im Arbeitszimmer, die, die ich in den letzten fünfundzwanzig Jahren hingekritzelt habe. Ich berühre sie, wende sie in den Händen, und dann verfluche ich sie. Nutzlose, aus der Mode gekommene Bücher, wahrscheinlich nicht mehr lieferbar.

Gestern erzählte mir meine Tochter aus der Big City am Telefon (Rückruf, natürlich), oh, ohne Hintergedanken, eher liebevoll: Hey, Pop, ich denke, ich weiß, was dein Nachruf sein wird, ich meine, weißt du, was auf deinem Grabstein stehen soll – NICHT MEHR LIEFERBAR!

Diese zärtliche Brutalität. Dieses Kind findet stets die richtigen Worte, um das Gesicht ihres alten Herrn sich zu einem Lächeln verziehen zu sehen. Wie sehr wir sie vermissen. Seit sie fort ist, ist dort ein Loch, eine riesige Leere im Haus. Ihre laute Musik ist verstummt, ihre kleinen Geräusche, ihre unvorhergesehenen Worte. Oh, wie sehr wir ihren Leichtsinn vermissen, ihre Bedrücktheit, ihre wütenden Gesten, ihre Augenblicke der Angst, ihre Anverwandlung der Frustration von Erwachsenen, ihre Ungeduld, ihre kleinen Ausbrüche von Hilflosigkeit angesichts irgendeines kleinen Problems.

Sie hat allerdings recht, in dem, was wir tun, steckt Brutalität. Seit über einem Jahr, seit ich das letzte Buch beendet habe, vegetiere ich in dem immensen Raum meiner Tage, von den fürchterlichen Löchern meiner schlaflosen Nächte gar nicht zu reden. Die Länge meiner Tage scheint stets zu kurz zu sein, um irgend etwas Vernünftiges anzufangen, und dennoch zu lang, um nicht trotzdem anzufangen. Also fange ich irgendwas an, und fange immer wieder von vorn an, dasselbe Irgendwas, doch die Zeit war um, bevor ich es in Gang bringen konnte, bevor ich die Stücke zusammenfügen konnte, die ich über den Tag verstreut hatte. Und dasselbe, dasselbe wieder am nächsten Tag und am darauffolgenden. Ich kam mir gestrandet vor in dieser dehnbaren Zeit, voll der Trübsal mit meinen blockierten Wörtern. Also tat ich nichts, mit meinem Kopf voller Zweifel, meinem Körper in Panik, nichts, außer über meine Lethargie und die überflüssigen Gesten meines Nichtschreibens nachzudenken.

Aber jetzt scheinen die Dinge wieder in Bewegung zu geraten. Was hältst Du von dem, was ich Dir über Sarah & ihren Cousin erzählt habe? Wird daraus ein Buch? Wir süchtigen Wortidioten können uns nicht allzu lang in uns selbst zurückziehen, dann müßten wir das Schreiben aufgeben, und das wäre die völlige Dunkelheit. Deshalb kam ich aus meinem Keller der Verzweiflung hoch, um Dich zu bitten, mich auf diesem neuen Abenteuer zu begleiten. Schreibe bald. Ich brauche Wörter von Dir. Erzähl mir auch von Dir, der Frau, den Kindern, den Haustieren. Von den Vögeln in Deinen Bäumen. Von Deinem Buch, Deinem Winterbuch, wenn Du eins in Arbeit hast – arbeitend. Mehr beim nächsten Mal.

Sonntag, 28. November

Was für eine gute Antwort. Was Du schreibst, macht mir Mut. Du glaubst also, da stecken Möglichkeiten drin. Das Buch über Sarah & ihren Cousin? Ein Buch, das wir zusammen schreiben oder entwirren können. Ein Gemeinschaftsunternehmen. Und warum auch nicht. Dann werde ich mich auf Dich stützen. Dich benutzen. Deine Geduld und Freundschaft mißbrauchen. Ein Freund, sagte André Gide einmal, ist jemand, mit dem man eine üble Tat ausführt – un mauvais coup.

Was für eine Geschichte ich da in meinen Händen hielte, sagst Du. Schmücke sie reich aus, trag dick auf. Lackiere die Sache mit mehreren Lagen Realität. Besorg Dir Ausgaben vom LIFE MAGAZINE aus dieser Zeit, betrachte die Gesichter und nimm diese Gesichter in Dich auf.

Was für eine tolle Idee! Fiktives Leben aus echten LIFE MAGAZINE-Photos. Ich könnte sogar ein paar davon in das Buch packen und eine Technicolor-Geschichte voller harter historischer Fakten schreiben. Aber hör mal, historische Fakten sind nicht wichtig, das weißt Du doch. Außerdem werden sie immer banal. Wichtig ist die Darstellung und nicht die Realität der Ereignisse. Ich denke also wieder mal über eine Geschichte nach, die aus nichts anderem besteht als den Spekulationen über die Möglichkeiten, diese Geschichte zu erzählen. Ich bin nicht zu retten. Vielleicht schaffe ich es diesmal, eine wirkliche Geschichte zu erzählen, während ich mich an der Form erfreue. Erinnere Dich, wie Blake es ausdrückte: Feuer erfreut sich an seiner Form.

Letzte Nacht, um drei Uhr früh, sagt meine Frau im Halbschlaf zu mir, als würde sie eine Unterhaltung aufgreifen, die wir im Laufe des Tages geführt haben: Dein Problem ist immer Form, Form, immer Form! Und ich wende mich ihr im Dunkeln zu: Ja, aber schau, Form hält mich im Gleichgewicht, Form macht mich glücklich. Unfähig, einzuschlafen, schalteten wir den Fernseher ein und schauten uns einen Pornostreifen an.

Das ist eine gute Woche gewesen. Sie endete heiter, obwohl ich erst durch einen Abgrund an Beklemmung mußte. Nein, ich habe nicht angefangen zu schreiben, ich bin noch nicht soweit. Dauert vielleicht noch Wochen, Monate, bevor ich mich dem Papier verschreiben kann. Ich muß mir das Ganze bildlich vor Augen führen, muß die Stimmen hören, die Geometrie festlegen, bevor ich anfangen kann. Ich setze mir selbst Termine für den Beginn, aber ich zögere ihn immer wieder hinaus.

Sarah und ihr Cousin müssen in den passenden Rahmen gestellt werden – an einen Ort absoluter Gewißheit versetzt werden, an dem etwas Fundamentales über sie gesagt werden kann. Aber Du stellst eine gute

Frage über Sarahs Cousin. Warum zögere ich, ihm einen Namen zu geben? Ich weiß nicht. Ich habe mit möglichen Namen für ihn herumgespielt, alle waren sie völlig unpassend, und ich verwarf sie deshalb sofort wieder. Er ist mir wohl zu nahe, um ihm einen falschen Namen zu verpassen. Vielleicht wird sich schließlich die Notwendigkeit eines Namens herausstellen. Aber im Augenblick habe ich das Gefühl, er sollte ein entfernter namenloser Zuhörer der Geschichte Sarahs bleiben, obwohl sich seine Geschichte mit der ihren überschneidet.

Dann fragst Du, warum ich bei der Zeit so ungenau bin? Warum ich keine genauen Angaben mache, wann das alles geschah? Und wo? Ist das eine Art Geheimnis?

Welchen Unterschied macht es, wann und wo es geschah, da sich nichts von alledem belegen läßt. Wir haben es hier nicht mit Glaubwürdigkeit zu tun, sondern mit der Wahrheit. Das ist nicht dasselbe. Bestimmte Wahrheiten bedürfen keiner genauen Zeit oder Ortsangabe, um bestätigt zu werden. Krieg ist Krieg, egal wo und wann er geschah. Und Leid ist zeitlos. Wir alle leiden an einer Art Exil, vom Augenblick unserer Geburt an; welchen Unterschied macht es also, wann und wo es beginnt.

Da sich diese Geschichte immer auf der spekulativen Ebene bewegt, selbst wenn ich genaue Angaben machen würde, müßten diese manipuliert werden, während die Geschichte voranschreitet. Das ist unausweichlich. Daten verleihen der Geschichte einen Anstrich von Stabilität und Kontinuität. In dieser Geschichte kann es keine Stabilität und Kontinuität geben.

Die einzige gesicherte Tatsache ist, daß es genau fünfunddreißig Jahre zurückliegt, als Cousin und Cousine getrennt wurden und in verschiedene Richtungen fortgingen. Er war damals achtzehn und Sarah fünfzehn. Was sie bei dieser Wiederbegegnung zu ergründen suchen, ist die Bedeutung dieser Trennung für sie – die Bedeutung ihrer Abwesenheit voneinander. Deshalb solltest Du, statt über das Wann und Wo ihrer Geschichte zu rätseln, danach fragen, wie die Abwesenheit ihr Leben bestimmt und ihre Persönlichkeiten geformt hat. Ja, was in Frage gestellt werden sollte, ist die Gestaltung dieses Bildhauers, den ich wie eine Statue am Flughafen abgestellt habe, und die Sarahs, die auf einem anderen Flughafen auf ihn wartet.

Die Sensibilität, die skeptisch und ironisch bei ihm ausgeprägt ist, besonders, was seine eigenen Schicksalsschläge und Niederlagen betrifft, sein Temperament, das emotional geladen und feinnervig ist und sich als solches akzeptiert, ohne Zuflucht in ruhigeren Gefilden zu suchen, seine Vorstellungskraft, die humorvoll und unverschämt ist und dennoch gleichzeitig ernsthaft und bedrückt, wenn sie in sich ihre große Qualität erkennt, die Ambivalenz der Gegensätze: Ich werde alles in seinen Charakter schnitzen. Obwohl er seit vielen Jahren im selben Land gelebt hat, ist er in seiner Art zu sprechen und zu handeln ein starrköpfiger Fremder geblieben, aber nicht Solipsist geworden, wie man bei einer solchen Existenz vermuten würde. Ganz im Gegenteil, er ist ein unheilbarer Optimist, obwohl auch er, wie ich, in letzter Zeit im Keller seiner eigenen Verzweiflung hockte.

Sarah stelle ich mir so vor: eine sensible Frau mittleren Alters, noch immer recht attraktiv mit ihrem dichten Haar, ihrer hellen Haut und den blaßgrauen Augen. Auch sie ist in dieser Ambivalenz der Gegensätze gefangen: schüchtern, doch mit fester Überzeugung, idealistisch, doch mit beiden Beinen auf dem Boden, sentimental und dennoch unerschütterlich in ihren Gefühlen.

Während er am Flughafen sitzt und das Buch noch immer auf dem Schoß hält, ohne zu lesen, denkt der Cousin an Sarah. Obwohl sich die beiden im Laufe der Jahre ständig Photographien schickten, kann er sich an sie nur als die junge Frau erinnern, die sie vor fünfunddreißig Jahren war, als er sie auf dem Bahnsteig zurückließ.

Er hatte bereits seinen Koffer im Zug verstaut und seine Jacke auf einen Sitz gelegt, um ihn freizuhalten, und war wieder auf den Bahnsteig gestiegen, um Sarah ein letztes Mal zu drücken, bevor der Zug abfuhr, der ihn zum Schiff bringen sollte. Was für ein lausiges Schiff! Und was für eine fürchterliche Überfahrt! Er lächelt, als er sich an das Schiff erinnert und daran, wie verwirrt er ausgesehen haben muß, doch dann kehren seine Gedanken zurück zu Sarah, und er sieht sie, wie sie auf dem überfüllten Bahnsteig steht – die dürre, fünfzehn Jahre alte Kindfrau, die verzweifelt versucht, die Tränen in ihren blaßgrauen Augen zurückzuhalten, als sich die beiden ein letztes Mal umarmen, bevor der Zug losfuhr.

Unbewußt flüstert er – kleiner Käfer –, wie er sie damals zu nennen pflegte. Dürr und nervös wie ein erschrecktes Insekt, kauerte sie sich stets in den Zimmerecken, gegen Wände, als ob sie verschwinden oder sich in diesen Wänden verstecken wollte. Sarah brauchte viele Jahre, bevor sie die Tatsache, daß sie ihren Tod hinter sich hatte, daß sie draußen ohne Angst laufen und atmen konnte, erkennen und annehmen konnte. Er liebte sie so sehr, strengte sich so sehr an, sich um sie zu kümmern, als sie am Ende des Krieges sich wiederfanden. Drei Jahre lang lebten Cousin und Cousine in einem Zimmer zusammen, das sie sich im Keller eines Gebäudes eingerichtet hatten, das bei den Bombardierungen zerstört worden war. Sie schliefen im selben Bett, einer Matratze auf dem Boden. Er war alles für sie, Bruder und Vater. Und Mutter. Und doch, als der Tag des Abschieds kam, verließ er sie. Er mußte gehen. Eine vage Notwendigkeit zog ihn fort. Etwas Ungelöstes in ihm. Ungelöst in seinen Händen. Das war keine leichte Entscheidung. Die ganze Visa-Frage löste sich so schnell und so unerwartet.

Es wird nur ein paar Monate dauern, wiederholte er immer und immer wieder, während er sie auf dem Bahnsteig in seinen Armen hielt. Du wirst sehen, sobald ich da bin, werde ich einen Weg finden, dich zu holen. Ich werde dir Geld schicken. Ich werde dir eine Fahrkarte für die Überfahrt schicken. Ich werde hingehen, mit den Leuten bei der Einwanderungsbehörde sprechen und ihnen sagen, daß ich deine ganze Familie bin. Sie werden das verstehen. Ich werde alles erklären.

Ursprünglich planten die beiden, zusammen zu gehen, besonders nachdem sie herausfanden, daß ihre Eltern niemals zurückkehren würden. Da drüben war vielleicht alles besser, sie würden ein neues Leben beginnen und vergessen ... aber Sarah verweigerte man das Visum, weil sie die medizinische Untersuchung nicht bestand. Der Arzt fand einen Fleck auf ihrer rechten Lunge. Oh, nichts, worüber Sie sich aufregen müssen, sagte der Arzt, es ist noch nichts Ernstes, nichts, was nicht mit guter Ernährung, viel frischer Luft und natürlich der richtigen Behandlung kuriert werden könnte. Sie wird in ein paar Monaten wieder in Ordnung sein. Dennoch, der gute Arzt war untröstlich, aber er konnte ihr kein Visum ausstellen. Es ist gegen das Einwanderungsgesetz, denjenigen ein Visum auszustellen, die nicht hundertprozentig gesund sind. Wochen und Monate grübelten Sarah und ihr Cousin, was sie machen sollten.

Ich will nicht allein gehen, sagte er ständig, obwohl er die ganze Zeit über wußte, daß er gehen würde. Ich gehe nicht ohne dich. Nein, ich werde dich nicht zurücklassen. Ich will nicht, daß wir wieder getrennt werden. Aber Sarah argumentierte, schon ganz die unsentimentale Frau, die sie später werden sollte, daß es dumm von ihm wäre, jetzt sein Visum verfallen zu lassen, wo es doch gerade erst nach all den vielen Monaten des Wartens und Bangens ausgestellt worden war. Er ließ sich überzeugen, und schließlich beschlossen sie, daß er allein gehen würde und daß sie nachkommen würde, wenn sie geheilt war – in ein paar Monaten, das hat der Arzt doch gesagt, oder? Ja, das ist die beste Möglichkeit, denn bis dahin hast du dich eingelebt, und es wird leichter für mich sein, zu kommen. Mach dir keine Sorgen, ich werde schon zurechtkommen. Ich bin doch kein Kind mehr, sagte sie, darum bemüht, ihre Tränen zurückzuhalten.

Das war vor fünfunddreißig Jahren. Schließlich zog Sarah zusammen mit einer Gruppe junger Leute fort, die so wie sie auch ihre Familien im Krieg verloren hatten. Aber sie ging woanders hin. Sie ging nach Osten, in ein Land voller Verheißungen. Es war vielleicht die trockene Wüstenluft, die den Fleck auf ihrer Lunge ausradierte.

Die Szene auf dem Bahnsteig verblaßt, während der Cousin weiter in der Zeit zurückgleitet, bis zu jenem Augenblick, als er und Sarah sich zu Ende des Krieges wiederfanden, nachdem das Land befreit wurde. Das war im Mai. Er sah sie durch ihr altes Viertel umherirren, einfach so, nicht weit von dort, wo sie gelebt hatte, bevor dies alles geschah. Sie streifte durch die Straßen, wie er es schon seit drei Wochen getan hatte, seit er aus dem Süden zurück in die Stadt gekommen war, um nach Verwandten zu suchen, die vielleicht überlebt hatten und auch aus ihren Verstecken zurückkehrten. Viele Menschen machten das damals überall in der Stadt, besonders in Sarahs altem Viertel, in das plötzlich wieder Leben einkehrte. Es war, als spielte die ganze Stadt ein gigantisches Versteckspiel. Ihr könnt rauskommen, der Krieg ist vorbei!

Er hatte den Bauernhof im Süden, auf dem er in den vergangenen drei Jahren gearbeitet hatte, in der festen Überzeugung verlassen, seine Eltern und seine Schwestern würden schon auf ihn warten, wenn er in die Stadt käme ...

Der Bauernhof! Ich muß Dir auch davon erzählen. Wie er, noch ein Junge, hart arbeitete, wie ein Maultier, die drei Jahre, die er auf dem Bauernhof zubrachte, um sich vor den Soldaten zu verstecken, und wie einsam und heimwehkrank er war und wie sein Körper die ganze Zeit schmerzte von der Schwerstarbeit – besonders litten seine Hände, stets voller Blasen, Wunden und Schnitte. Er war ein tolpatschiger Stadtjunge, zwölf Jahre alt, aber er wuchs schnell über sein Alter hinaus. Er hatte damals keine Vorstellung davon, wer er war und was er werden würde. Zu der Zeit war er bloß ein Bauer, nicht aus freien Stücken, aber dennoch ein Bauer. Die grobe und vulgäre Art der Existenz von Mensch und Tier auf dem Hof beherrschte sein ganzes Wesen, obwohl er die willkürliche Gewalt der Lebenserhaltung und des Todes um sich herum nicht begriff. Er fühlte sich die ganze Zeit schmutzig. Gefangener jenes Drecks. Ohne Ahnung von sich und den erniedrigenden Ereignissen in der Welt, hatte er keinerlei Vorstellung von seiner Zukunft. Sämtliche Gedanken, Träume, Phantasien beschäftigten sich mit der Vergangenheit – der vagen und wirren Vergangenheit. Tag für Tag, vom frühen Morgen bis zum späten Abend, schuftete er auf den Feldern und war nicht bei sich. Seit dem Tag, an dem seine Eltern und seine Schwestern verhaftet worden waren, seit jenem Tag im Juli, an dem er durch Glück entkam und über das Land strich; bis er von diesen Bauern aufgenommen wurde, die eine Hilfe brauchten, spürte er eine starke Entfremdung von sich selbst; als sei er plötzlich von den natürlichen Erwartungen an die Möglichkeiten seines Lebens abgeschnitten worden. Seine Existenz fand Halt, er war eingeschränkt auf einen Zustand der Abrufbarkeit und fiel in eine Art dumpfe Verwirrung. Diese Gefühle standen in krassestem Widerspruch zu dem Selbstbewußtsein und der Unbekümmertheit seines Vaters, der Künstler war, Maler, und der stets versucht hatte, seinem Sohn das gleiche Vertrauen, den gleichen Drang und die gleiche Sorglosigkeit mitzugeben, obwohl er sich im klaren war, daß stets alles zum Scheitern verurteilt war. Der Junge hegte eine tiefe Bewunderung für seinen Vater, einem wilden, ungestümen Mann, der eine ganze Welt der Schönheit und Freude in Händen hielt, bevor sein Leben mit fünfunddreißig Jahren brutal beendet wurde. Auf dem Bauernhof war der Junge unglücklich über sein Dasein. Ein unerträgliches Unbehagen wütete in seinem Körper und konzentrierte sich in jenem physischen Organ, das den direktesten Kontakt mit der Welt hatte, in seinen Händen, seinen Fingern. Dieselben Hände und Finger, die ihn später zum Künstler werden ließen, wie sein Vater. Seine Hände waren stets dreckig und rauh und wund und rot, und er bekam die Fingernägel nie sauber – aber ich schweife ab.

Er hatte den ganzen Weg von dem Bauernhof im Süden bis zur Stadt auf einem Panzer zurückgelegt. Einem Panzer der siegreichen Armeen, die das Land befreiten. Was für eine fröhliche Reise. Er fuhr nach Haus. Seine Mutter, sein Vater, seine Schwestern, die ganze Familie würde schon warten. Er war sich ganz sicher. Wie so viele andere, überlebte er in dieser trügerischen Hoffnung, und nun eilte er jenem Trugbild entgegen.

Er stand auf dem Panzer, und Hunderte von Kilometern lang sang er Lieder mit den Soldaten. Es war wunderbar! Er war das Maskottchen der Panzerbesatzung. Trauben von Menschen entlang der Straßen in den Dörfern und Kleinstädten schwenkten Fahnen und sangen die Nationalhymne – Erhebt euch, Kinder der Nation, zieht hin zu den Tagen des Ruhms und laßt uns die Tyrannei vernichten … Die Soldaten küßten die Mädchen und warfen den Menschen Süßigkeiten und Zigaretten zu. Wie in den Filmen, den schlechten Filmen, die später darüber gemacht wurden. Ihm war das egal, er fuhr nach Haus.

Als er durch die alte Nachbarschaft wanderte, sah er sie, seine kleine Cousine Sarah, auf der anderen Straßenseite, wie sie auf dem Gehweg stand, als warte sie auf jemanden, als kehre sie zu einer Verabredung zurück, die sie vor Jahren ausgemacht hatte, doch mit einem schmerzlichen Gesichtsausdruck, weil diese Person nicht gekommen war. Sie erkannten einander, obwohl sie sich beide sehr verändert hatten. Drei Jahre älter, aber an ihren Körpern, an ihren Gesichtern gezeichnet von dem, was sie zu ertragen hatten. Es lag eine Traurigkeit in ihren Augen, und ihre Gesten waren langsam und müde. Sie stand da, zerbrechlich und verwirrt, als ob sie gerade aus einem Loch im Boden gestiegen wäre. Sie war jetzt zwölf, aber ihr Körper war der einer Frau. Nach einem Augenblick des Zögerns rannten sie aufeinander zu und umarmten sich mitten auf der Straße und hielten sich für lange Zeit umschlungen. Du bists, du bists, wiederholten sie immer wieder, während sie sich gegenseitig die Tränen vom Gesicht wischten … du bists!

Während der Cousin in der Wartehalle des Flughafens sitzt und heißen Kaffee aus einem Styroporbecher nippt, sieht er sich selbst auf der Straße stehen, wie er die kleine Sarah im Arm hält, und er hört wie ein entferntes Wispern die Rauhigkeit in ihrer Stimme, als sie ausruft, du bists, du bists! Wieder versucht er, sich die Geschichte von Sarahs Überleben ins Gedächtnis zu rufen, wie er es im Laufe der Jahre schon so oft versucht hatte. Aber er ist sich nicht sicher, ob er sich daran erinnert, was Sarah ihm erzählt hat, oder ob er ihr nicht eine Geschichte erfindet und sein eigenes Überleben, seine eigene Geschichte mit der ihren vermischt, seine eigenen Worte mit den ihren.

Als sie nach dem Krieg zusammenlebten, versuchten sie oft, sich gegenseitig zu erzählen, was geschah, als ihre Eltern abgeholt worden waren, aber sie gelangten nie ans Ende der Geschichte, sie kriegten es nie aus sich heraus. Bei Nacht, eng aneinandergeschmiegt auf der Matratze, versuchten sie sich, gegenseitig dazu zu bringen, die Geschichte zu erzählen, aber nach einer Weile blieb sie stecken, zerfiel, löste sich auf in Unverständnis, als weigerte sie sich, ausgesprochen zu werden. Sarahs bebender Brustkorb und die Tränen, die ihr langsam aus den Augen liefen, ließen ihr die Wörter stocken. Ihr Cousin nahm sie in den Arm, um sie zu trösten – ist schon gut, schon gut, du brauchst nicht weiter zu erzählen. Was zählt, ist, daß wir hier zusammen sind …

Davon hatte ich schon angefangen zu erzählen. Erinnerst Du Dich? Ich beschrieb, wie die Nachbarin Sarah sagte, sie solle das Brot bei ihr lassen, und wie sie sie zur Polizeiwache bringen wollte, damit man sie zu ihren Eltern brachte. Laß mich dort weitermachen, so wie Sarahs Cousin es versucht, während er darauf wartet, daß sein Flugzeug abfliegt. Hör zu ...

Bevor sie Sarah zur Polizei brachte, kämmte die Nachbarin ihr die Haare, band sie zusammen und rückte ihr Kleid zurecht (die Finger der Frau zögerten, als sie den Flicken berührte, den gelben Flicken auf dem Kleid). Sie zog Sarahs Socken hoch und band die losen Riemen ihrer Sandalen fest. Sagte ihr, wie nett sie ausschaue. Fragte sogar, ob Sarah auf die Toilette müsse, denn, weißt du, wenn wir erstmal da sind, wo wir hingehen, wird es vielleicht nicht einfach sein, wenn du mal mußt. Sarah sagte, sie bräuchte jetzt nicht. Dann hielt die Frau die Hand des kleinen Mädchens, wie eine Mutter es mit ihrem Kind tut, führte sie die Treppen hinunter und ging hinaus auf die Straße. Es war heiß an jenem Tag. Ein klarer Himmel, fern und schlicht. Ein wunderschöner Julimorgen.

Der Freiheitstag, der wichtigste Nationalfeiertag, war erst vor wenigen Tagen gefeiert worden, und die Dekorationen hingen immer noch von den Laternen. Obwohl die Feierlichkeiten ernst und bedrückend waren, wenn auch nicht verboten (das einzig Verbotene während der Besatzung war das Singen der Nationalhymne), war an jenem Tag ein leises Zittern der Hoffnung auf Freiheit und auf das gute Leben der guten alten Zeit durch die Straßen der Stadt gegangen. Aber jetzt war alles wieder zur trüben Normalität der genwart zurückgekehrt, nur das Wetter nicht, aber das Wetter kümmert sich ja nie um die elenden Machenschaften der Menschheit.

Sarahs Hand fest im Griff, ging die Frau schnellen Schrittes auf das Polizeihauptquartier zu, zu Fuß zehn Minuten. Um dorthin zu gelangen, mußten sie den Place Royale überqueren.

In den alten Zeiten, bevor das Volk die Monarchie stürzte, um die Republik auszurufen, hatten Könige und Königinnen in ihren feinen Kutschen auf dem Place Royale paradiert. Genau das feierten sie am Freiheitstag – den Beginn der Republik. Ah, der Place Royale. Grandios. Einer der schönsten Plätze der Welt. Wird datiert auf das 17. Jahrhundert. Aber an jenem Tag, als Sarah von Hand zu dem unvorstellbaren Zustand des Nicht-Seins geführt wurde, umringten Armeefahrzeuge den gesamten historischen Platz mit seinen Arkaden, dem roten Kopfsteinpflaster und den symmetrisch gestutzten Baumreihen (Kastanien, glaube ich, aber ich bin nicht sicher) – den Platz, wo eine Tafel an einem der Häuser anzeigt, daß hier der am meisten gefeierte Nationaldichter einst gelebt hat. Sarah und ihre Brüder hatten oft ehrfurchtsvoll vor diesem Gebäude gestanden, wenn sie den Platz auf dem Weg zur Schule überquert hatten. Sie konnten nicht glauben, daß der berühmteste Dichter des Landes so nahe bei ihrem Haus gewohnt hatte, im dritten Stock, dort hinter den Fenstern. Sarah kannte mehrere seiner Gedichte auswendig, und einmal mußte sie sich vor die ganze Klasse stellen, an jenem Tag, an dem die Nation ihre toten Helden feiert, um eine der patriotischen Oden des Dichters aufzusagen, weil sie die einzige war, die alle Strophen kannte. Sie hieß ›Ode an die Toten‹. Noch heute kann sie sich an Fragmente dieses Gedichts erinnern, und manchmal, wenn sie in der Wüste arbeitet, sagt sie sie leise auf. Sie lächelt, wenn sie sich dabei ertappt, wie sie diese abgeschmackten Worte murmelt.

Kennst Du das Gedicht? Das ist wirklich ein Ding. Hier, ich schreibe Dir die erste Strophe in einer groben Übersetzung auf:
Jene, die gläubig für das Vaterland starben, verdienen,
daß die Menschen kommen und an ihren Särgen beten.
Unter den guten Namen sind ihre die besten.
All der Glanz neben ihnen leuchtet und vergeht flüchtig.
Und wie es die süße Stimme der Mutter tut,
so wiegt die Stimme der Nation sie in ihren Gräbern.

Kannst Du Dir vorstellen, wie all die Schulkinder in ihren Nationalkostümen umhergehen und solche Sachen aufsagen? Man kann wirklich verstehen, warum die Republik den Krieg verloren hat und so viele Jahre lang besetzt war. Man kann auch verstehen, warum Sarah zynisch lächelt, wenn sie sich selbst diese Worte aufsagt. Sie fragt sich: wie konnte sie mit solchen Unsäglichkeiten aufgezogen werden? Starben ihr Vater, ihre Mutter, ihre Brüder in den Folterkammern der Deportationsgebiete für das Vaterland? Und wenn, verdienen sie es nicht, daß die Menschen, die sie dort hingeschickt haben, kommen und an ihren Gräbern beten? Aber wo sind diese Gräber?

Sarah fragt sich, ob sich ihr Cousin auch an die Gedichte erinnert, die er auswendiglernen mußte, als er noch ein Junge war. Sie muß ihn fragen. Es wird lustig sein, herauszufinden, an wieviel er sich noch erinnert, und sie wird mit ihm über all den Unfug lachen, mit dem sie abgespeist wurden, als sie Kinder waren. Und dann, manchmal, wenn Sarah diese Worte im Kopf in die neue Sprache übersetzt, die sie in ihrer angenommenen Heimat gelernt hat, scheinen sie kraftvolle Bedeutsamkeit für ihre Gefühle diesem Land gegenüber zu gewinnen. Die Wörter des Gedichts klingen in jener Sprache fast richtig.

Sie muß ihren Cousin fragen, ob er das Gedicht kennt ... Warum hat das Flugzeug Verspätung? Stimmt irgendwas nicht? Hat sie nicht schon lang genug auf ihr Wiedersehen gewartet? In der Ankunftshalle des Flughafens schaut Sarah auf den Monitor. FLUG 801 – Verspätung. Warum ist sie so nervös ... so besorgt?

In der Zwischenzeit fährt Sarahs Cousin auf dem anderen Flughafen fort, sich ins Gedächtnis zu rufen, was am Tag des großen ›Zusammentriebs‹ geschah.

Familien wurden aus allen anliegenden Straßen auf den Platz getrieben und auf Lastwagen verladen. Sarah erkannte viele von ihnen wieder. Nachbarn, mit denen die Mutter sprach, wenn sie einkaufen ging. Sogar einige der Ladenbesitzer. Auch der Fleischer mit seiner Familie war da. Sarah war überrascht, sie verließen sonst nie das Geschäft. Sie erkannte auch Kunden ihres Vaters, obwohl in letzter Zeit nur noch wenige ihm Schuhe zur Reparatur brachten. Ein Mädchen, das sie aus der Schule kannte, winkte ihr von einem der Lastwagen zu. Sie trug einen Wintermantel, obwohl es ein heißer Tag war. Sarah begriff nicht, warum all diese Menschen Mäntel trugen, einige der Frauen sogar ihre besten Pelze und Hüte. Etwas an dieser Versammlung ergab keinen Sinn für sie.

In der Mitte des Platzes voller Lastwagen, Soldaten und Menschen, die fortgeschafft wurden, blieb die Frau plötzlich stehen und sagte: Weißt du, ich wäre nicht überrascht, wenn Deine Eltern noch hier auf einem der Lastwagen wären. Wir werden sie suchen. Ja, ich wette, sie sind hier seit heute früh und machen sich deinetwegen Sorgen.

Die Frau hielt noch immer Sarahs Hand und stürmte von einem Lastwagen zum nächsten, um in jeden hineinzuschauen, ob wohl Sarahs Eltern darunter wären. Es war schwer, irgend etwas zu erkennen, weil so viele Menschen zusammengepfercht waren. Die Frau rief weiter mit einer lauten, krächzenden Stimme den Namen von Sarahs Eltern. Sie schien langsam ungeduldig zu werden. Nach kurzem Gemurmel in der

Dunkelheit des Lastwagens rief jemand, hier nicht. Oder jemand anderes fragte, nach wem suchen sie? Die ganze Situation war so zwanglos. Sarah kam es vor, als würden diese Menschen mit ihren Koffern und Taschen auf eine Urlaubsreise gehen. Sie konnte die Furcht und die Sorge in ihren Augen und ihren Gesten nicht erkennen, als sie auf die Lastwagen geschoben wurden. Es gab keine Proteste, kein lautes Jammern, keine Schreie. Sarah dachte sogar, daß die Leute in der Nachbarschaft beschlossen hatten, ein riesiges Picknick zu veranstalten, und daß die Soldaten und die Polizisten nur halfen, alles zu organisieren. Einige von ihnen hatten Decken dabei. Aber das schien Sarah normal. Die Leute haben immer Decken dabei, wenn sie auf ein Picknick gehen. Vielleicht war es ein Picknick zu Ehren des Freiheitstages, und ihre Mutter hatte vergessen, es ihr zu sagen.

Die Frau lief weiter von Lastwagen zu Lastwagen. Sie wurde immer ungehaltener und zog stärker an der Hand des kleinen Mädchens, aber Sarahs Familie war nirgends zu finden. Nach einer Weile sagte die Nachbarin mit irritierter Stimme, ich glaube, ein paar der Lastwagen sind schon abgefahren.

Als Sarah und die Frau auf eine Menschenschlange zugingen, die neben einem der Lastwagen wartete, griff eine alte Frau in einem mottenzerfressenen Pelzmantel, der nach Kampfer roch, nach ihr und drückte sie an sich. Es war die Großmutter einer von Sarahs Schulfreundinnen, aber Sarah sah ihre Freundin nicht in der Nähe. Ach, mein armes, armes Kindchen, meine arme kleine Sarah, stammelte die alte Frau. Sarah spürte die Haare auf dem faltigen Kinn der alten Frau an ihrer Wange und roch die Mottenkugeln im Mantel. Sie wich zurück. Zwei Soldaten hoben die alte Frau auf den Lastwagen.

Etwas weiter auf dem Platz, als die Nachbarin einen weiteren Lastwagen inspizierte, machte Sarah sich von ihrer Hand los und ging, um mit dem kleinen Mädchen zu sprechen, das in dem Gebäude gleich neben dem ihren wohnte und mit dem sie oft spielte. Wohin gehen die alle? fragte Sarah.

Das andere Mädchen zuckte unwissend die Schulter. Ich weiß nicht. Das haben sie nicht gesagt. Sie haben nur gesagt, wir sollen uns keine Sorgen machen, aber wir sollten warme Kleidung mitbringen. Vielleicht bringen sie uns an einen Ort, wo es kalt ist. Zum Urlaub in die Berge, ja, vielleicht fahren wir dahin. Aber ich durfte keine von meinen Puppen mitbringen, sie haben gesagt, es sei nicht praktisch, Puppen mitzubringen. Aber ich habe mein Yo-Yo mitgebracht, damit ich etwas zum Spielen habe. Und das kleine Mädchen, vielleicht ein Jahr jünger als Sarah, mit großen dunklen Augen, zog ihr Yo-Yo aus der Manteltasche und zeigte es stolz Sarah. Dann fragte sie, welcher ist dein Lastwagen? Sarah antwortete nicht, sie hatte keinen. Sie schaute sich einen Moment das Yo-Yo an und sagte dann, ich muß gehen, und ging fort.

Während Sarah mit ihrer Freundin dastand, war die Frau auf einen der Polizisten zugegangen. Oh nein, ich gehöre nicht zu diesen Menschen! Ich ... ich bin nur eine Nachbarin. Aber ich habe dieses kleine Mädchen bei mir, das man zurückgelassen hat. Ja, sie ist eine von denen ... da drüben steht sie. Ich weiß nicht, was ich mit ihr machen soll. Ich kann sie unmöglich behalten. Ich meine, Monsieur, verstehen Sie ... mein Mann und ich ... wir wollen keine Schwierigkeiten machen ... vielleicht können Sie sie in einem Ihrer Lastwagen mitnehmen, und wenn sie dort angekommen sind, wo Sie hinfahren, können Sie ihr helfen, ihre Eltern zu finden.

Der Polizist schüttelte den Kopf. Nein, das kann ich nicht, Madame, das kann ich einfach nicht. Schauen Sie, ich habe meine Liste und bin nur für die Namen auf dieser Liste verantwortlich. Wenn wir anfangen, zusätzlich Leute mitzunehmen, bringt das doch nur alles durcheinander. Die ganzen Akten geraten durcheinander. Und es ist so schon kompliziert genug. Außerdem haben wir strikten Befehl. Verstehen Sie doch, wir haben nicht mal genug Lastwagen für diese Leute. Das beste, was Sie tun können, wird sein, und ich sehe keine bessere Möglichkeit, denn wir müssen alle zusammenarbeiten, wenn Sie das kleine Mädchen direkt zum Hauptquartier bringen. Die werden dann wissen, was sie dort mit ihr machen. Sie wissen, wo das ist, oder? Von hier nur ein paar Straßen weiter.

Die Frau versuchte, auf ihrem Wunsch zu beharren. Ja, ja, ich weiß, wo das ist, aber, ich meine, ich dachte, es wäre so einfacher. Trotzdem vielen Dank, Wachtmeister, sagte sie schließlich sichtlich verärgert, als sie zurück zu Sarah ging, ihre Hand nahm und den Platz verließ. Ach, was für ein Durcheinander, was für ein unglaubliches Durcheinander. Ich sag dir, es ist furchtbar, wie das hier abläuft, murmelte die Frau und sprach eigentlich nicht direkt mit dem Kind.

Sie näherten sich der Polizeiwache, als Sarah plötzlich mit einem Ruck ihre Hand aus dem Griff der Frau zog und davonrannte. Heh, wo willst du hin? Komm zurück, komm zurück, rief die Frau. Du bist verrückt. Die werden dich kriegen. Aber dann zuckte sie in einer Geste aus Gleichgültigkeit mit den Schultern.

Schwer zu sagen, ob Sarah sich bewußt war, was sie da tat. Selbst heute, nach vierzig Jahren, kann sie immer noch nicht verstehen, was sie dazu bewog, sich von der Frau loszureißen. Vielleicht hatte sie mit ihrem neun Jahre alten Verstand vage begriffen, daß sie sich nicht zur Polizei bringen lassen sollte, egal mit welchen Folgen. Soviel wußte sie und begriff sie instinktiv.

Obwohl es Sarah und ihren Brüdern, wie vielen anderen Kindern in ihrer Nachbarschaft, nicht länger erlaubt war, öffentliche Bäder, Bibliotheken, Kinos, Schwimmbäder und viele anderer solcher Orte aufzusuchen, war ihnen nicht klar, warum. Man gab ihnen keine Erklärung, und wenn ihre Eltern und Verwandten über den Krieg sprachen, taten sie das mit gesenkten Stimmen in einer fremden Sprache, die die Kinder nie gelernt hatten. Vieles von dem, worüber sich die Erwachsenen unterhielten oder lamentierten, wurde geflüstert, so daß Sarah und ihre Brüder nichts erfuhren. Fragt nicht, sagte man ihnen, es ist besser, wenn ihr nicht fragt. Geschützt durch dieses Schweigen, war Sarah in völliger Unkenntnis ihres Schicksals aufgewachsen. Doch in jenem Moment, so unbedeutend er auch war, als die Nachbarin sie an der Hand führte, begriff sie, daß sie sich nicht zur Polizei bringen lassen durfte. Nein, dorthin konnte sie nicht gehen. Und außerdem waren ihre Mutter, ihr Vater und ihre Brüder nicht auf den Lastwagen auf dem Platz, vielleicht hatte man sie schon nach Hause geschickt, ja, vielleicht hatte die Polizei einen Fehler begangen und ihnen gesagt, sie sollten nach Hause gehen; und sie warteten in der Wohnung und machten sich Sorgen, weil sie nicht vom Bäcker zurückgekehrt war und weil sie glaubten, daß ihr etwas zugestoßen sei.

Während sie lief, redete Sarah sich ein, daß ihre Eltern zu Hause waren, daß der ganze Vormittag ein Fehler gewesen war, ein böser Traum. Kurz bevor sie um die Straßenecke bog, hielt sie inne und schaute sich um. Die Frau war verschwunden. Sie war wohl in die Polizeiwache gegangen. Sarah atmete schwer, ihr Brustkorb hob und senkte sich unkontrolliert. Der Riemen einer ihrer Sandalen war gerissen. Plötzlich brach Sarah in Schluchzen aus. Einen Moment lang stand sie da und rieb sich die Augen mit den Handrükken, doch bald rannte sie wieder los und hielt die zerrissene Sandale in der Hand. Sie bog in eine Seitenstraße, um den Platz mit den Lastwagen zu umgehen. Die Straßen waren jetzt leer, an vielen Fenstern waren die Läden geschlossen. Selbst die Geschäfte hatten ihre Rolläden herunter wie am Sonntag. Sarah kam schließlich in die Straße, in der sie lebte. Auch sie war verlassen. Sie stürmte die drei Stockwerke hinauf, hämmerte an die Wohnungstür und rief. Niemand gab Antwort. Nun weinte sie nicht mehr. Wieder pochte sie mit beiden Fäusten. Sie wußte, daß sie nicht lange bleiben konnte. Die Frau von nebenan würde bald mit der Polizei kommen. Schließlich rannte sie die Treppe hinab, blieb aber am Hauseingang stehen. Sie zitterte am ganzen Körper. Sie steckte den Kopf zur Tür hinaus und schaute in beide Richtungen, um zu sehen, ob die Frau käme. Auf der Straße war nur ein Hund, der die geschlossene Tür des Fleischers anbellte. Sarah stürzte auf die Straße, weg von dem Hund und von dem Platz.

Sie kannte sich in diesen alten Straßen aus. Sie hatte hier oft nach der Schule mit ihren Brüdern und Freundinnen gespielt. Mehrere ihrer Tanten und Onkel lebten in der Nachbarschaft. Als sie die Hauptstraße erreichte, die mit überwältigenden historischen Monumenten gesäumt war, blieb sie am Straßenrand stehen, als warte sie darauf, bei einer Besorgung die Straße zu überqueren. Autos und Lastwagen fuhren vorbei. Noch immer zitterte sie ein wenig und atmete schwer, aber sie versuchte, ihren Körper still zu halten, um niemandem aufzufallen. Sie hatte keine Ahnung, wohin sie gehen, was sie tun sollte, aber sie wußte, daß sie aus diesem Viertel fort mußte.

Als sie da auf dem Bordstein stand und den Verkehr beobachtete, ihr Körper steif vor Angst, führte Sarah plötzlich die Hand vor die Brust und bedeckte den Flicken, der auf ihr Kleid genäht war. Sie hatte nicht daran gedacht. Langsam bogen sich ihre Finger zu Krallen, und dann riß sie den Flicken ab. Sie riß sich ein Loch in ihr Kleid, direkt über dem Herzen. Sie dachte daran, wie verärgert ihre Mutter sein würde, daß sie ihr Kleid zerrissen hatte. Seit dem Tag, an dem ihre Mutter diese häßlichen Flicken auf alle Kleider genäht hatte, fühlten sie sich an wie riesige Insekten und kratzten an ihrer Brust. Sie zerknüllte das Stück gelben Stoffs, streckte ihren Arm eng an ihrem Körper nach unten, so weit sie konnte, und ließ es in den Rinnstein fallen. Sie wandte sich um, ob sie irgend jemand beobachtet hatte. Auf der Straße war eine Menge los, nicht wenige Soldaten befanden sich darunter, aber niemand achtete auf das kleine Mädchen.

Sie hatte sich wegen des Flicken geschämt seit jenem Tag vor zwei Jahren, als ihre Mutter den Kindern sagte, daß sie stets einen davon auf all ihren Kleidern tragen mußten. Sarah und ihre Brüder wollten wissen warum, warum sie dieses Ding tragen mußten. Aber als ihre Mutter – eine liebevolle, selbstaufopfernde Frau – leise zu weinen begann, hörten sie auf, nach einer Antwort zu fragen. Oft, wenn Sarah ausging, selbst im Sommer, trug sie einen langen Schal um den Hals und ließ ein Ende locker über den Flicken fallen. Ihre Mutter hatte ihr gezeigt, wie sie es machen sollte. Laß ihn einfach so hängen. So versteckst du ihn nicht, und es schaut gut aus.

Sarah begann, von ihrem Wohnort fortzulaufen. Sie wollte rennen. Als sie den Kreisverkehr mit dem Brunnen aus riesigen Monstern, die Wasser spien, erreichte, dort, wo alle Hauptstraßen aufeinandertreffen, erinnerte sie sich daran, daß ihre Tante Basha in der Nähe wohnte, an einer der Straßen. Vielleicht war sie zuhaus? Vielleicht war die Polizei nicht bei ihr gewesen? Sie mußte los und ihr erzählen, was geschehen war. Tante Basha wird wissen, was zu tun ist.

Sarah wußte, daß ihr Onkel Joseph vor ein paar Tagen die Stadt verlassen hatte, daß aber Tante Basha hiergeblieben war. Die alte Tante hatte Sarah und ihren Brüdern bei ihrem Besuch letzten Sonntag erzählt, daß ihr Onkel die Jungen in die Ferien aufs Land gebracht hatte.

Schon seit Wochen waren Gerüchte über eine mögliche Razzia durch die Nachbarschaft in Umlauf, aber da in der Vergangenheit nur die Männer geholt worden waren, hatte Sarahs Onkel Pläne gemacht, mit seinen zwei Söhnen zu verschwinden. In jenen Tagen gab es viele Möglichkeiten, Informationen und sogar das Überleben zu kaufen. Tante Basha und Onkel Joseph waren reich. Die Armen trifft es im Krieg immer zuerst, das ist eine alte Wahrheit. Sie sterben aus Unwissenheit und Bedürftigkeit.

Jeden Sonntag besuchten Sarah und ihre Brüder Tante Basha, die ältere Schwester ihrer Mutter, obwohl die Kinder sie nicht leiden mochten. Sie war gemein, alt, häßlich und fett. Sie hatte rote Flecken im Gesicht und violette Adern an den Beinen. Sie ließ sich von Sarah mit einer kleinen Schere die Haare in ihren Ohren und ihrer Nase schneiden, und sie schrie die Kinder an, sie sollten beim Spielen nicht solchen Lärm machen. Und die Söhne der Tante Basha, Roger und Robert, hatten Spaß daran, die jüngeren Cousins aufzuziehen. Aber sonntags bereitete Tante Basha immer eine große Mahlzeit mit Fleisch. Damals war es schwer, an Fleisch zu kommen, aber Basha war reich, und sie kannte den Schwarzmarkt. Sonntags buk sie auch Kuchen. Manchmal schnürte sie ein Päckchen mit den Resten, damit die Kinder sie mit heimnehmen konnten, aber wenn Sarahs Vater das Essen sah, wurde er wütend und schrie, ich will ihre Wohltätigkeit nicht, und dann schmiß er das Päckchen in den Abfall.

Ja, Sarah mußte zu Tante Basha und ihr erzählen, was geschehen war; mußte ihr von den Menschen auf dem Platz erzählen, der Polizei und den Soldaten und den Lastwagen. Basha wird wissen, was zu tun ist. Sie wird wissen, wo Sarahs Eltern sind. Dann wird alles gut. Ja, genau wie es vorher war. Und vielleicht kann die ganze Familie zusammen aufs Land, bis der Krieg vorbei ist ...

Das erzählten sie sich alle, die Eltern wie die Kinder, selbst dann, als sie in die große Leere gestürzt wurden. Und nach dem Krieg wird alles wieder gut werden, wie vorher.

Sarah ging jetzt schneller. In der Entfernung konnte sie das große Gebäude sehen, in dem ihre Tante wohnte. Als Sarah näherkam, sah sie, wie sie aus dem Gebäude kam. Sie trug ihren Pelzmantel und zerrte einen riesigen Koffer zum Straßenrand, wo ein Taxi wartete. Es war wirklich Tante Basha, Sarah erkannte sie an ihrem lustigen Kosakenhut aus Pelz. Sarah rannte zu dem Taxi, ruderte mit den Armen und rief nach ihr, aber in dem Moment, als sie das Taxi erreichte, schlug die Wagentür zu. Tante Basha sah sie, weil sie winkte und ein Gesicht machte, als wollte sie durch das Rückfenster des Wagens etwas erklären, als dieses losfuhr. Sarah stand verwirrt da und begriff nicht, warum ihre Tante so plötzlich verschwand, ohne zu fragen, was sie hier so allein überhaupt trieb.

Es dauerte den ganzen Tag, den ganzen 16. Juli, vom frühen Morgen bis spät in die Nacht, bis alle Menschen, die auf den Listen standen, zusammengetrieben waren. Die Nachricht von den Verhaftungen verbreitete sich in Windeseile. Einige wenige, die Geld hatten und ein Ziel, schafften es, zu fliehen. Die anderen warteten einfach darauf, abgeholt zu werden. Tante Basha, die ihre Wohnung nur selten verließ, hatte wohl gerade erst mitbekommen, daß auch Frauen und Kinder verhaftet wurden, und packte alles, was sie konnte, in diesen riesigen Koffer – ihre Kleider, ihre Juwelen, das ganze Silber im Haus und natürlich ihr Geld. Die Banknoten, die sie unter der Matratze versteckte. Ja, dort hob sie ihr Geld auf. Wenn die Kinder ihre Tante besuchten, gab sie ihnen manchmal einen kleinen Schein, damit sie sich was Hübsches kaufen konnten. Wenn sie an der Tür standen, um wieder zu gehen, sagte sie den Kindern, wartet hier, und dann verschwand sie im Schlafzimmer, aber Sarah und ihre Brüder sahen einmal durch die halboffene Tür, wie die alte Tante unter die Matratze griff, um die Scheine hervorzuziehen.

Sarah stand am Straßenrand und fragte sich, ob Bashas Geste ›Auf Wiedersehen‹ bedeuten sollte oder etwas anderes. Vielleicht bedeutete sie Sarah, warte hier, ich komme wieder zurück. Das alles war so verwirrend. Wieder stiegen Tränen in ihr auf. Sie ging nah ans Gebäude heran und drehte sich zur Wand, damit die Leute auf der Straße sie nicht weinen sahen. Sie wartete eine lange Zeit, aber Tante Basha kehrte nicht zurück.

Nach einer Weile hörte Sarah auf zu weinen. Ihre Augen waren rot und geschwollen. Sie ging los, ziellos, mit gesenktem Kopf, den Blick auf ihre Füße gerichtet. Ihr Körper führte sie, aber plötzlich merkte sie, daß sie auf dem Heimweg war. Sie blieb stehen. Nein ... nein, dorthin durfte sie nicht. Sie drehte sich um und ging in die entgegengesetzte Richtung.

Mehrere Stunden streifte Sarah durch die Stadt, aber nie allzu weit von ihrer Nachbarschaft entfernt, als warte sie auf einen vorbestimmten Augenblick, um nach Hause zurückzukehren und ihr sicheres Leben mit ihrer Familie fortzusetzen. Ihr Körper war ganz ruhig. Sie blieb sogar ein paarmal stehen, um sich die Auslagen anzuschauen. Ihr Verstand hatte sich vor der Dringlichkeit des Augenblicks verschlossen, konnte weder zu den Ereignissen des Vormittags zurück noch nach vorn projizieren, was sie später erwartete, wenn es dunkel war und sie sich allein auf der Straße wiederfinden würde.

Nun war es später Nachmittag. Sarahs Schritte hatten sie zu der Straße gelenkt, von der ihre Mutter gesagt hatte, daß sie dort niemals allein hingehen sollten. Sie erkannte die Straße, denn wenn die drei Kinder zu ihrem Besuch bei Tante Basha aufbrachen, machten Sarahs Brüder manchmal einen Umweg durch diese Straße, obwohl der Weg länger war. Die Kinder gingen immer ohne ihre Eltern zu Basha, weil Sarahs Vater sich mit ihr überworfen hatte, wegen Geld, und er ihr Haus nie wieder betrat und auch Sarahs Mutter nicht dorthin gehen ließ. Da sie allein waren, bestanden die Jungen auf diesem Umweg, obwohl sie wußten, daß ihre Mutter wütend sein würde, wenn sie es herausfände.

Simon und Benjamin schleppten ihre kleine Schwester mit, um ihr die schönen Frauen zu zeigen, die auf der Straße flanierten oder in den Eingängen standen. In ihren besten Kleidern, mit einer Menge Schmuck und buntem Make-up, sahen sie aus, als gingen sie zu einer Party. Sie kamen Sarah so fröhlich vor, stets lachten sie mit den Vorübergehenden.

Sarah konnte nicht begreifen, warum ihre Brüder hinter vorgehaltenen Händen kicherten. Du bist so dumm, so dumm, sagte Simon zu Sarah. Und wenn du Mama was erzählst, dann kriegst du's aber. Ich haue dich! Simon war damals dreizehn, Benjamin zehn. Und ich hau dich auch, wiederholte Benjamin nach dem großen Bruder, obwohl er auch nicht verstand, warum diese Frauen auf der Straße herumstanden.

Sarah trat vom Gehsteig, um an vier Frauen vorbeizugehen, die den engen Weg versperrten. Sie trugen enge glänzende Kleider, die ihnen weit über die Knie reichten. Eine rief nach Sarah, heh, kleines Mädchen, bist du nicht ein bißchen jung für den Strich? Die anderen Frauen lachten, und Sarah brach in Tränen aus. Heh, was ist los? Woher denn die Tränen so plötzlich? fragte die Frau, die zu Sarah gesprochen hatte. Komm her, komm her, Kleine, und erzähl mir, warum du weinst. Sarah zögerte, aber die Frau war schon auf sie zugekommen und wischte ihr die Wangen mit dem großen parfümierten Taschentuch, das sie aus dem Dekolleté gezogen hatte. Hast du dich verlaufen?

Sarahs Gesicht geriet durcheinander, als sie in lautes Schluchzen ausbrach, aber die Stimme der Frau war so sanft, so freundlich, und ihre Hände waren so weich, daß Sarah ihr auf der Stelle alles erzählen wollte, was seit dem frühen Morgen geschehen war, als ihre Mutter sie zur Bäckerei schickte. Sie versuchte es, aber die Worte blieben ihr im Halse stecken.

Komm, hör auf, du bist doch ein großes Mädchen, sagte die Frau mit einer Stimme, härter als sie wirklich war. Hier, putz dir die Nase und erzähl mir, was los ist. Ein hübsches kleines Mädchen wie du sollte nicht weinen, davon kriegst du nur rote Augen.

Noch weinend, aber nun leise, schaffte es Sarah in einem langen Atemzug zu stammeln, meine Mutter und mein Vater ... und auch meine Brüder ... sie ... sie wurden weggebracht ... heute morgen ... ich weiß nicht, wo sie sind ... und da sind all diese Leute und all diese Soldaten auf dem Platz und Lastwagen ... und diese Frau ... diese Frau, sie wohnt bei uns im selben Haus ... sie ... sie wollte mich ...

Bist du weggelaufen? fragte die Frau. Sie war schön. Sie war nicht so wie die anderen Frauen, die Sarah kannte, sie sah eher wie ... wie eine ältere Schwester aus. Sie war nicht wirklich eine Frau, eher noch ein Mädchen. Sie hatte langes, glattes rötliches Haar, viel Schwarz um ihre grünen Augen und trug ein enges lila Kleid mit einer Goldkante um den Hals. Ihre Lippen waren lila. Sarah dachte, daß dies das schönste Mädchen war, das sie jemals gesehen hatte, noch viel schöner als die Filmstars auf den Bildern, die ihre Brüder in ihren Schulbüchern versteckten. Und sie war so nett, sie redete so sanft.

Nein, ich bin nicht weggelaufen. Sarah hatte sich jetzt beruhigt. Nachdem sie sich die Nase mit dem Taschentuch geputzt hatte, erzählte sie dem Mädchen und den anderen dreien, die sich um sie versammelt hatten, wie sie in der Bäckerei war, als die Soldaten kamen. Ich war nicht daheim. Sie haben mich vergessen. Meine Mutter und mein Vater haben mich vergessen.

Dich vergessen? Du glückliches Mädchen. Du weißt gar nicht, wieviel Glück du hast. Wie alle anderen, wußten auch diese Frauen sehr gut, was geschah. Das Mädchen mit dem lila Kleid nahm Sarah bei der Hand und zog sie in einen Hauseingang. Komm mit mir, schnell, vielleicht kriegen wir das hin. Ein Mann in Hemdsärmeln, der Hosenträger trug und einen Filzhut, trat auf den Korridor. Das Mädchen sprach leise mit ihm. Sarah konnte nicht verstehen, was sie sagten. Dann brachte das Mädchen in Lila Sarah die engen Treppen hinauf zu einem Zimmer im zweiten Stock. Es war ein wunderschönes Zimmer. Alles in Lila und Gold. Von der gleichen Farbe wie das Kleid des Mädchens. Die Wände, die Vorhänge, der Bettüberwurf, der Teppich auf dem Fußboden, alles war lila mit Gold, außer dem hellroten Kleid der großen Puppe, die am Kopfende des Betts gegen die Kissen gelehnt saß. Das allerschönste Zimmer, das Sarah je gesehen hatte. Es war nicht wie ein wirkliches Zimmer, sondern mehr wie ein Zimmer in einem Märchenbuch oder in einem Film oder in einem Traum. Es gab einen hohen Spiegel, der auch in Gold gerahmt war, an der Wand gegenüber von dem Bett und neben dem Spiegel, auf einem kleinen viereckigen Tisch eine Waschschüssel mit blauen Blumen darauf.

Wie heißt du, fragte die junge Frau, als sie die Tür abschloß.

Sarah.

Sarah? Oh, das ist ein wunderschöner Name. Ich heiße Josette, aber alle nennen mich Jojo. Du kannst mich auch Jojo nennen, wenn du magst. Schau, hab keine Angst, wir werden auf dich achtgeben. Alles wird wieder gut. Ich bin sicher, deine Mutter und dein Vater sind bald wieder zurück. Du brauchst nur hier zu warten, bis wir herausfinden, was geschehen ist. In Ordnung?

Sarah stand noch immer an der Tür. Sie hatte jetzt keine Angst mehr. Sie wußte, daß alles wieder gut würde, weil dieses Zimmer so wunderschön war.

Josette ging ans Fenster und schloß die Vorhänge. Es ist besser, wenn du nicht ans Fenster gehst. In Ordnung. Hast du Hunger? Möchtest du was essen?

Sarah zögerte. Nein, ich habe heute morgen gegessen. Die Frau, die gab mir was zu essen.

Bist du sicher? fragte Josette nach. Du mußt hungrig sein, wenn du seit heute früh nichts gegessen hast.

Sarah fing wieder an zu weinen. Schluchzend und ihre Augen reibend versuchte sie zu erklären, wie die Frau ... sie wollte mich ... sie hat gesagt, die Polizei wird sie finden ...

Weine nicht, bitte weine nicht. Das kannst du mir alles später erzählen. Aber erst mußt du dich beruhigen. In Ordnung! Josette ließ Sarah auf der Bettkante sitzen und wischte ihr wieder die Tränen mit ihrem Taschentuch fort. Du hast sicher Hunger, sagte sie. Sie ging zur Tür, schloß sie auf und rief die Treppe hinunter, heh, Gugusse!

Ja, was gibts, rief ein Mann von unten hoch.

Bring dem kleinen Mädchen was zu essen rauf, irgendwas, was du da hast. Brot, vielleicht etwas Käse, ein Glas Milch. Dann wandte sich Josette an Sarah. Nun hör genau zu. Du wirst hier in diesem Zimmer bleiben. Du kannst zum Essen auf dem Stuhl dort sitzen, und wenn du fertig bist, kannst du dich auf dem Bett ausruhen. Ich gehe aus, nur für eine kleine Weile. Um mit ein paar Leuten über dich zu reden, mit Freunden. Vielleicht können sie herausfinden, was mit deiner Familie geschehen ist. Mach dir keine Sorgen, wir werden auf dich aufpassen. Wir werden einen Platz für dich finden, bis deine Eltern zurückkommen. Und du hast keine Angst, hier allein zu bleiben? In Ordnung?

Du bist ein großes Mädchen. Ich werde bald zurück sein. Josette strich mit ihren Fingern sanft durch Sarahs Haar.

Nein, ich hab keine Angst, sagte Sarah, aber ... sie zögerte ... ich muß mal ... ich muß mal auf die Toilette.

Josette lächelte. Sie beugte sich vor und zog einen Nachttopf unter dem Bett hervor. Hier, den kannst du benutzen.

Sarah wurde rot.

Ach, stell dich nicht an, sei nicht so schüchtern, sagte Josette, als sie Sarah den Nachttopf reichte, hier, nimm ihn mit in die Ecke da, und ich mach die Augen zu.

Sarah trug den Nachttopf auf die andere Seite des Betts, zog ihren Schlüpfer runter, kauerte sich hin und hielt ihr Kleid fest, um es nicht naß zu machen. Josette hielt eine Hand vor die Augen, lächelte aber, als sie das laute Plätschern hörte.

Der Mann namens Gugusse brachte einen Laib Brot und etwas Käse, einen Apfel und eine Flasche Milch. Josette nahm die Waschschüssel vom Tisch. Setz dich hierher und iß jetzt, sagte sie. Iß langsam. Und Gugusse, der noch immer in der Tür stand und das kleine Mädchen betrachtete, reichte sie den Nachttopf, hier, leer das unten aus.

Während Sarah an einem Stück Brot mit Käse kaute, gab ihr Josette einen lauten Kuß auf die Wange. Du bist wirklich ein hübsches kleines Ding, weißt du das? Wie alt bist du? Zehn? Elf?

Nein, ich bin neun.

Neun erst? Josette schüttelte den Kopf, neun erst, wiederholte sie flüsternd. Plötzlich bemerkte sie das Loch in Sarahs Kleid. Wie hast du das denn gemacht? Was ist mit deinem Kleid passiert?

Sarah schaute Josette nicht an, ihre Wangen glühten, als sie mit vollem Mund sagte, ich habe den Flicken abgerissen. Josette strich Sarah übers Haar, dann beugte sie sich vor und gab ihr noch einen Kuß auf die Wange. Also, ich geh jetzt und werde versuchen, rauszufinden, was mit deiner Familie geschehen ist. Ich weiß nicht wo, aber ich werds versuchen. Wie ist dein Nachname?

Sarah sagte Josette ihren Nachnamen.

Nun gut, ich werde sehen, was ich tun kann. Du bleibst hier. Also! Ich werde die Tür hinter mir schließen, so daß keiner reinkann. Du kannst sie nicht von innen öffnen, aber das ist schon in Ordnung. Es wird nicht lange dauern.

Sarah hörte, wie sich der Schlüssel zweimal im Schloß drehte. Sie stand vom Tisch auf und ging, um an der Tür zu lauschen. Im Treppenhaus war es ganz still. Sie ging auf Zehenspitzen zurück zum Tisch. Der Holzfußboden knarrte unter dem lila Teppich. Sie traute sich nicht den ganzen Weg bis zum Fenster, um auf die Straße zu schauen, aber sie hörte Stimmen von unten. Als sie nach einem Stück Brot griff, sah sie sich in dem Spiegel an der Wand. Das verwirrte sie. Sie erkannte ihren dünnen Körper nicht wieder und auch nicht das aufgelöste Gesicht, das sie in dem körpergroßen Spiegel sah. Es kam ihr vor, als sei eine Fremde mit ihr in dem Zimmer, ein schlichtes kleines Mädchen, das sie noch nie zuvor gesehen hatte. Das Haar war ganz zerzaust, die Augen waren rot und geschwollen und das Kleid dreckig und zerrissen. Aber als die Hand des Mädchens im Spiegel sich auf das Loch im Kleid zubewegte, wurde Sarah klar, daß dies ihre Hand und ihr Kleid war und daß sie das Loch gemacht hatte. Wie sie so verloren und allein dastand, weinte Sarah nicht, sie starrte nur in den Spiegel und versuchte, sich das Bild zu merken, während die schwarzen Wolken der Unsicherheit sich draußen zusammenzogen, knapp jenseits ihrer noch unverdorbenen Zukunft. Sie bedeckte das Loch auf ihrer Brust mit der Hand und dachte daran, wie ärgerlich ihre Mutter sein würde, weil ihr Kleid zerrissen war, aber sie würde ihr erklären, was geschehen war, wie sie dachte, daß es besser sei, den Flicken abzumachen. Ihre Mutter würde das verstehen, ja, das würde sie, und sie würde zu Sarah sagen, es ist gut, es ist alles gut, mein kleiner Liebling.

Sarah wandte sich vom Spiegel ab, setzte sich auf die Bettkante und ließ ihre dürren Beine baumeln. Sie war jetzt müde. Ihr Kopf fühlte sich schwer an. Das Bett war weich und der Überwurf seidig und glatt. Die große Puppe am Kopfende mit ihren knuddligen, glänzenden, gespreizten Beinen hatte einen Arm erhoben, als wollte sie nach Sarah greifen. Das rote Kleid hatte einen weißen Spitzenkragen, und die schwarzen Schuhe hatten Knöpfe als Verschluß. Die Puppe hatte blaue Augen und sehr blondes, mit einer roten Schleife zusammengebundenes Haar. Ihr Mund war leicht geöffnet, als wollte sie zu Sarah sprechen. Sie sah so echt und hübsch aus, daß Sarah beinah mit der Puppe sprach. Nach einer Weile rollte Sarah sich auf dem Bett zusammen, zog die Puppe neben sich und legte ihre Arme um sie. Die glatte glänzende Haut der Puppe fühlte sich an Sarahs Arm kühl an. Bald war Sarah eingeschlafen, und auch die Puppe schloß die Augen ...

So weit übersehe ich das jetzt. Es nimmt Form an. Ich habe das Gefühl, kurz vor einer gewaltigen Saga zu stehen. Ein Haufen Probleme ist zu lösen, aber ich fange an, ein Gefühl für die Geschichte zu kriegen. Es wird nicht leicht werden. Ich kann schon die Einwände hören, aber vergiß nicht, ein Buch zu schreiben heißt auch, ein Buch schreiben lernen. Die Schwierigkeit besteht darin, alles im Auge zu behalten, nicht nur die Vergangenheit und die Gegenwart, sondern auch die Zukunft. Wenn man doch nur im gleichen Satz gleichzeitig verschiedene Momente der Geschichte niederschreiben könnte. Einen stereophonen Effekt erzielen. Genauso fühlt es sich in meinem Kopf an.

Stimmen in Stimmen, verfangen in ihrer eigenen flüchtigen Schwatzhaftigkeit.

Ich werde hier innehalten, während Sarah in der lilafarbenen Höhle schläft, eingeschlafen auf dem Bett, auf dem Hunderte von Männern mit Josette geschlafen haben, nehme ich an, vielleicht sogar feindliche Soldaten. Klein-Sarah eingeschlafen in jenem parfümierten Zimmer der Freude mit der knuddligen Puppe im Arm und verwirrten Träumen in ihrem Kopf.

Was hältst du von Josette? Sie ist atemberaubend, weißt du, mit jugendlichen Sommersprossen, ihrem unersättlichen Mund, ihrer verdorbenen Sinnlichkeit. Verführerisch, ohne die alles verschlingende Megäre zu sein. Sie ist viel jünger, als Sarah glaubt. Achtzehn oder neunzehn. Wirst du auch von deinen eigenen Figuren angeregt? Ich bin völlig fertig, wenn ich mir Josette nur anschaue. Die gutherzige Hure. Ein bißchen stereotyp, aber was solls. Das Problem ist, daß ich nicht weiß, was ich mit ihr machen soll. Wer weiß, vielleicht verwandelt sich Josette, die Prostituierte, in eine Heilige, wie in den guten alten Geschichten, und die ganze Geschichte wird mystisch.

Wir werden sehen. Schreib mir in der Zwischenzeit. Mach Vorschläge. Widersprich. Wozu habe ich einen Freund wie Dich, wenn man sich nicht wirklich auf ihn verlassen kann? Und erzähl mir davon, was Du gerade so machst. Bis bald.

Mittwoch, 7. Dezember

Pearl-Harbour-Tag. Wir hier feiern diesen Tag, weil das auch der Geburtstag unserer Tochter ist. Ein Ehrentag. Wo warst Du damals, als die Japaner die Amerikaner mit runtergelassenen Hosen erwischten und nicht wenige von ihnen in die Ewigkeit schickten? Erinnerst Du Dich? Ich erinnere mich noch ein wenig daran, daß ich damals bis zu meinem unschuldigen Arsch im erniedrigenden Schlamassel der Pubertät steckte, der Welt gegenüber verschlossen trotz des großen Krieges, der um mich herum tobte. Und Sarah? Die kleine Cousine Sarah. Sie war noch nicht in den dunklen Tunnel ihres Unglücks getaucht, aber es hing über ihr, unausweichlich und drohend.

Pearl-Harbour-Tag! Wußtest du, daß es ebenfalls an einem 7. Dezember war, als die Massenvernichtungen in Chelmno begannen? Ja, unsere Tochter ist an einem historischen Tag geboren worden. Eine Schützin. Klug, aber dickköpfig. Sie ist aus diesem Anlaß aus der großen Stadt nach Hause gekommen. Es ist gut, sie für ein paar Tage um sich zu haben. Plötzlich ganz erwachsen. So unabhängig und streitsüchtig. Sie liebt es, ihren alten Herrn aufzuziehen (ach, habe ich erwähnt, daß Sarahs Cousin, der Bildhauer, auch eine Tochter hat, ungefähr im gleichen Alter wie unsere?).

Ich zeigte ihr die neuen Schuhe, die ich gerade gekauft hatte. Dicke, schwere, klobige gelbe Dinger, die bis über die Knöchel reichen. Arbeitsschuhe. Es ist Winter. Nein, nicht die Jahreszeit der Behaglichkeit, Rimbaud hat das völlig falsch gesehen, die Jahreszeit der Unbehaglichkeit. Die brauche ich, um durch den Schneematsch zu latschen, versuchte ich zu erklären. Das Kind lachte. Pop, sie sind häßlich! Sie sehen aus wie orthopädische Schuhe. Kinder haben einfach eine Art drauf, daß man sich gleich wohlfühlt, nicht? Da kannst Du ruhig lachen. Aber warte, bis Deine Kinder in das klugscheißerische Alter kommen.

Während der Geburtstagszeremonie vor ein paar Stunden (und was für ein Essen! – ah, was für eine gute Köchin meine Frau doch ist – Escargots, Filet Mignon à la Sauce Béarnaise, Champignons, Crème Caramel zum Dessert, du weißt schon, so richtig französisch, mit einer ausgezeichneten Flasche St. Emilion) fragt mich meine Tochter, woran ich denn gerade arbeite.

Ach, nichts Besonderes, murmle ich. Ich denke da grade an was, aber ich habs noch nicht ganz. Ich krieg die Form nicht hin.

Meine Frau, während sie Kaffee einschenkt: Pop ist dabei, diesmal ein ernsthaftes Buch zu schreiben. Kannst Du Dir das vorstellen? Als wenn all die anderen nur Spielerei gewesen wären.

Ein ernstes Buch! Er – ? Das sagt die Tochter mit einem Ausdruck des Erstaunens auf ihrem Gesicht. Sie ist so schön, wenn sie diesen Ausdruck aufsetzt. Mom, glaubst du wirklich, Pop wird jemals fähig sein, etwas Ernsthaftes zu schreiben? Ich persönlich mag ihn lieber, wenn er lustig und unverschämt ist.

Dann zu mir: Worum gehts, Pop?

Da sie interessiert ist, erzähle ich ihr, was ich Dir schon über das Sarah-Buch erzählt habe. Wie Cousin und Cousine, Überlebende des unverzeihlichen Verbrechens, sich nach Jahren der Trennung an einem fernen Ort wiederbegegnen. Die Tochter nickt zustimmend mit dem Kopf. Klingt toll, Pop! Plötzlich schmeckt die Geburtstagstorte hervorragend. Wenn sie nichts dagegen hat, dann ist die halbe Schlacht gewonnen. Schließlich wird das Zeug, ohne daß ich das zugeben würde, nur ihretwegen geschrieben.

Ich stehe kurz vor einer großen Geschichte, sage ich. Etwas wirklich Großes und Bedeutsames.

Oh wow! spottet die liebliche Tochter. Aber später, als ich ihr erzähle, daß Sarahs Sohn Yossi das Kommando der Spezialeinheit hat, das die Terroristen jagt, die den Bus gesprengt haben, fragt sie, ob diese Sache mit den Terroristen nicht das Buch in eine wilde Abenteuerstory verwandelt. Das wär super, sagt sie mit stichelndem Enthusiasmus, eine Menge internationaler Intrigen, jede Menge Action, verzwickte Plots und Gegenplots. Was für ein Spaß. Typen, die sich überall niederschießen. Und vielleicht kannst du Sarahs Cousin da irgendwie reinbringen.

Ich weiß, sie macht nur Spaß, aber ich protestiere. Schau, das ist nicht, woran ich denke. Und außerdem weiß ich nicht, was ich mit Yossi machen soll. Ich weiß nicht, wie er in die Geschichte paßt. Ich möchte eine Figur wie ihn – jemand Harten und Entschlossenen, der die neue Generation in Sarahs adoptiertem Land symbolisiert.

Nun, schauen wir mal, was wir mit ihm machen können, sagt mein Kind ganz aufgeregt und fängt aus Jux an, die Möglichkeiten zu erkunden. Plötzlich ruft sie aus, ich habs, ich habs! Yossi wird gefangengenommen. Die Terroristen verstecken ihn irgendwo in den Bergen, verstehst du, in einem verlassenen Winkel des Landes, und sie foltern ihn. Eine Rettungsmannschaft wird gebildet, Sarahs Cousin beteiligt sich daran. Ich weiß, das klingt an den Haaren herbeigezogen, weil er nur ein Besucher im Land ist, aber wir können immer einen Grund erfinden, warum sie ihn bei diesem Auftrag mitnehmen. Vielleicht hatte er selbst ein Kommando, als er jung war, und er hatte eine Spezialausbildung für diese Art von Action. Und für sein Alter ist er immer noch gut in Form. Richtig? ... Ich habs, du könntest ihn zum Fallschirmspringer machen, so einer wie du, Pop, als du in der Army warst. Ich mein', als der Cousin jünger war. Schließlich ist er dir ja nachgebildet, oder?

Heh, wart mal ne Minute, das ist nicht das, woran ich denke. Ich will wirklich nichts mit Terrorismus zu tun haben. Ich hab diese Geschichte mit dem Bus eingeflochten, um ein Gefühl dafür zu vermitteln, daß dieses Land inmitten ständiger bedrohender Gewalt lebt. Das ist alles, was ich andeuten wollte. Ich bin nicht an Gewalt interessiert oder an internationalen Konflikten. Ich möchte nur etwas Einfaches schreiben über zwei Menschen, die sich mit ihrer Vergangenheit herumquälen und die der Zustand ihres gegenwärtigen Lebens schmerzt. Das ist alles. Ich will zeigen, wie Menschen sich mit ihren Niederlagen auseinandersetzen, obwohl es in den Augen anderer erscheinen mag, als hätten sie Erfolg. Dafür braucht es keine Gewalt und sicherlich keinen Plot.

Ach, komm schon, Pop, das wird doch langweilig, wenn du nicht ein bißchen Action reinbringst. Schließlich hast du den richtigen Stoff dafür. Die Terroristen. Das Attentat auf den Bus. Folter.

Sie überzeugt mich fast, und einen Moment lang stelle ich mir die ganze Szene vor. Der Cousin schleicht sich ins Terroristencamp und rettet Yossi. Es gibt eine Ballerei, und die beiden fliehen in einem Panzer oder in einem Hubschrauber. Nicht schlecht! Später dann, in Sicherheit, weint Sarah, als sie ihren Sohn und ihren Cousin umarmt.

Und weißt du was, Pop, mit so einem Buch könntest du ein Vermögen verdienen. Mit Sicherheit machen sie einen Film draus. Das wär doch was. Wir wären plötzlich reich. Du könntest mir eine Wohnung in der Stadt kaufen und du und Mom, ihr könntet eine

Weltreise machen. Wir werden sehen. Außerdem habe ich noch nicht mal angefangen zu schreiben. Ich denke bloß an die Geschichte. Bereite mich darauf vor. Das Ganze könnte sich als Katastrophe herausstellen.

So ist das in unserer Familie. Hilft allerdings der Moral, solch lebhafte Diskussionen zu führen. Das Kind fährt morgen früh wieder. Zurück in die große Stadt, um als Bedienung in irgendeinem Schuppen zu arbeiten, um die große Was-immer-sie-wird zu werden. Sie spart, um nach Afrika zu gehen. Sie will sehen, wie es im Herzen der Dunkelheit zugeht. Sie macht sich Sorgen. Sie macht sich wegen der Menschen Sorgen – wegen der Menschen dieser Welt. Als sie im College war, fragte ihre Großmutter sie einmal, welches denn ihr Hauptfach sei, und sie antwortete: Die Welt! Morgen früh fährt sie.

Es ist jetzt mitten in der Nacht, und ich kann nicht schlafen. Das Haus ist ruhig. Alle schlafen, sogar Sam träumt auf seinem eigenen Teppich von Knochen, nehme ich an, oder von Hündinnen. Weißt du eigentlich, daß der kleine Junge, zwölf Jahre ist er jetzt, niemals rumgemacht hat, soweit ich weiß? Er ist so eingesperrt. Ich wünschte, es gebe Hundebordelle, ich würde ihn dorthin bringen und ihm die schönste Zeit seines Hundelebens bereiten.

Deine letzte Antwort hat mich irritiert. Sie gab mir nichts, um daran zu arbeiten. Sie war so ausweichend. Du scheinst Dich nicht festlegen zu wollen, wenn Du sagst: Ich weiß, Du bist gierig nach einer echten Antwort, und ich werde Dir geben, was ich habe, aber Du weißt auch, wie ich zu Deiner Arbeit stehe, wie voreingenommen ich bin.

Schau, ich bitte nicht um Güte und Zurückhaltung. Ich dachte, wir seien über dieses Zeug hinaus, jenseits der unbeteiligten Antworten. Gib mir ehrliche Brutalität. Was mich wirklich ärgert, ist, wenn Du mit solchen Dingern kommst wie: Ich kann Dich richtig hören, sagst Du, das ist so eine Art Musik, auf die ich auch geeicht bin, also nehme ich an, daß mein Vergnügen mein Urteilsvermögen überlagert …

Was soll der Scheiß! Warum kannst Du nicht so kritisch sein wie alle anderen? Warum nimmt es das Urteil vorweg, wenn ich um Deine Meinung bitte? Ich bitte Dich nicht darum, für diese Geschichte all die persönlichen Dinge zu tun, die Du für die anderen Bücher getan hast, dafür ist es noch zu früh, aber ich brauche einen Schubs. Ich brauche Deine Krücken, bis ich in der Lage bin, alleine zu laufen. Also werde ich Dich weiter nerven und hoffen, daß du zuhörst, und dann, wenn alles gut geht, vielleicht kann ich mich dann selbst mit Wertminderung abschreiben.

Du siehst, ich bin überzeugt, daß wir uns jetzt über die simplen Fabeln hinaus begeben müssen, hinter die sauber verpackten Geschichten, die einen mit einer Kette zeitlicher Befriedigungen von ihren vorhersagbaren Anfängen zu ihren angedeuteten Enden versorgen. Wir sind auf dieser langen Reise in der Literatur so weit gekommen, daß all die Geschichten uns in derselben rauhen Stimme dieselbe alte Sache zuflüstern. Und deshalb müssen wir tiefer graben, um zu sehen, wo die rohen Wörter und die fundamentalen Klänge vergraben sind, damit das große innere Schweigen endlich gelöst werden kann.

Ich habe das Gefühl, ich wiederhole etwas, was ich Dir gesagt habe oder Du mir, als wir uns mit Deinen eitlen Wiederholungen rumschlugen. Diese Monstren, die Du zu zähmen versuchtest. Hier toben die Biester immer noch durch mein Hirn und sind noch nicht so weit, daß ich sie in den Bücherkäfig sperren könnte. Noch nicht bereit für die Papierzähmung. Ich biete mir selbst Daten für die Konfrontation an. Für den Eintritt in den Käfig. Es hätte der erste Dezember sein sollen, und jetzt haben wir schon fast Weihnachten, und ich hab es auf den ersten Januar verschoben. Ja, warum nicht mit dem neuen Jahr beginnen. Hört sich doch wie ein logischer Beginn an. Also lassen wir es dabei.

Es ist schon spät, fast Morgen, in meinem Kopf verschwimmt alles. Aber bitte behalte im Gedächtnis, wo ich Sarah und ihren Cousin zurückgelassen habe, damit wir darauf zurückgreifen können.

Der Cousin, der auf dem Flughafen einer Stadt gestrandet ist, in der er geboren wurde, wühlt in alten Erinnerungen, da sein Flug um einige Stunden verschoben worden ist. Und Sarah, das neun Jahre alte Mädchen, vergessen im großen Krieg. Erinnerst Du Dich? Als wir sie zurückließen, war sie gerade in Josettes Zimmer eingeschlafen, ihre Arme um eine Plastikpuppe geschlungen. Ich hoffe, sie wacht nicht auf, bevor ich soweit bin.

In der Zwischenzeit wartet der Cousin. Unfähig, sich auf das Buch zu konzentrieren, das er gerade liest, läßt er seine Gedanken wandern. Was wäre aus ihm geworden, wenn er mit Sarah vor fünfunddreißig Jahren in die Wüste gezogen wäre, statt Ruhm und Reichtum woanders zu suchen? Was wäre er heute? Auch nur ein Bauer wie sie? Sicher kein Bildhauer, ein Künstler, der sich an einen verblassenden Ruhm klammert. Das sind die Fragen, die er sich in all den Jahren immer gestellt hat. Er hat oft versucht, sich Sarahs Leben vorzustellen. Er war immer von der Wüste fasziniert, hat sich immer für einen Nomaden gehalten. Er spricht sogar von sich als einem Nomaden. Schon das Wort allein löst in seinem Verstand Bilder von unerträglicher Hitze, brennendem Sand und Grenzenlosigkeit aus. Wie oft ist er aus jenem Traum erwacht, in dem er sich selbst hinaus in die Wüste gehen und langsam im Sand versinken sah. Und manchmal sah er in diesem Traum eine einzelne Figur aus der weiten Ferne über den sich ausdehnenden Sand auf sich zukommen, bis er sein eigenes Gesicht in diesem Mann erkannte, um erst nach dem Erwachen zu erkennen, daß er durch die Ewigkeit gereist war.

Er versucht sich an den Ortsnamen zu erinnern, wo Sarah lebt. Das Wort liegt ihm auf der Zunge, aber er kriegt es nicht raus.

In der Sprache dieses Landes, so wird Sarah ihrem Cousin nach der Ankunft erklären, wenn sie ihn im Lager umherführt, bedeutet Groulote Vorposten, denn es liegt direkt auf der Grenze. In der ersten Zeit, selbst nachdem wir den Feind aufgehalten und ihn in sein eigenes Land zurückgedrängt hatten, wurden wir fast jede Nacht angegriffen. Das war eher ein Armeevorposten als eine Farm. Wir wechselten uns alle bei den Nachtwachen ab. Ich war erst fünfzehn, als ich hier ankam.

Eines Nachts ... Sarah wird zögern, und ihre Stimme wird in Schweigen verfallen, und ihre grauen Augen werden auf etwas starren, was der Cousin in der Dunkelheit jener entfernten Nacht nicht erkennen wird, und dann wird sie nach einer langen Pause weitersprechen, schnell, atemlos ... Eines Nachts stand eine Gestalt vor mir, nur ein paar Meter weit weg, mit einem Gewehr in der Hand. Ich war sicher, es war ein Gewehr, obwohl es schwer zu erkennen war. Er trat aus dem Dunkeln und stand wie ein riesiger Schatten vor mir. Ich kriegte Angst, ich konnte nicht sehr gut sehen. Ich war ganz allein. Ich hatte einen Revolver und zog ihn aus dem Holster. Ich zitterte so sehr, daß ich ihn mit beiden Händen halten mußte. Als die Gestalt näher kam, schoß ich. Ich schoß. Die Kugel schlug ihm ins Gesicht. In den Mund. Sein Blut spritzte auf mich, über meine ganzen Kleider, und ich schrie ... Weiter in die Dunkelheit jener Nacht starrend, wird Sarah flüsternd fortfahren ... Er lag auf dem Boden, ganz zusammengekrümmt und jammernd wie ein verwundetes Tier. Dann rührte er sich nicht mehr. Ich wurde hysterisch. Ich schrie und weinte. Elie und ein paar andere Männer aus dem Lager kamen zu mir gerannt, deckten den Körper mit einem Mantel zu und brachten mich fort. Schsch, sagten sie, schsch. Sie führten mich in einen Raum und hießen mich dort auf eine Pritsche legen. Elie saß neben mir, um mir Trost zu spenden. Drei Tage lang war ich völlig verwirrt. Bevor sie den Körper zudeckten, sah ich das Gesicht im Schein der Taschenlampen. Es war ganz zerfetzt, aber ich konnte sehen, daß er sehr jung war. Noch ein Junge. Ungefähr mein Alter. Vielleicht sogar jünger. Ich weiß wirklich nicht, ob er ein Gewehr hatte. Ich wollte Elie nie fragen. Elie und ich waren damals noch nicht verheiratet. Wir heirateten später, als ich zwanzig wurde. Elie und ich sprechen nie darüber, was in jener Nacht geschah ... Ich weiß, er war erst ein Junge ... Er sah Yossi sehr ähnlich, er sah aus wie mein Sohn Yossi ...

Es werden keine Tränen in Sarahs Augen stehen, wenn sie ihrem Cousin diese Geschichte erzählen wird. Nur ein Ausdruck tiefer Trauer liegt auf ihrem Gesicht. Ihre blaßgrauen Augen werden weiter in die Entfernung starren, sie wird sich daran erinnern, wie zu Tode geängstigt sie in jener Nacht gewesen ist, aber auch wie überrascht über die Einfachheit des Todes. Dann, nach einem langen Schweigen wird Sarah hinzufügen, und ihre Stimme wird jetzt klar und hart sein, weißt du, daß wir vierzig Kilometer mit Wassersäcken auf dem Rücken durch die Wüste laufen mußten, um hier etwas anbauen zu können. Wir hatten damals keine Lastwagen. Nichts. Nur unsere Hände und etwas Werkzeug. Und natürlich unsere Gewehre.

Während er im Flughafen sitzt, versucht sich der Cousin vorzustellen, was für ein Leben das in diesem Vorposten wohl ist. Er stellt sich eine Gruppe von Menschen vor, die zusammen in Holzhütten wohnen, die den ganzen Tag schwer arbeiten, um im Sand Gemüse wachsen zu lassen, und sich dann in der Dämmerung um Lagerfeuer versammeln und singen und tanzen. Die perfekte Landidylle. Er ist sich im klaren darüber, daß dies naive Vorstellungen sind, aber für ihn ist jener Ort nur eine Sammlung bunter und exotischer Bilder: Was man halt im Kino oder auf Postkarten und Reiseplakaten sieht. Er weiß so wenig von dem dortigen Leben, über die Menschen, über Politik, Geschichte. Sarahs Briefe erzählten nie wirklich etwas darüber. In ihren Briefen sprach sie meist von ihrem Mann und ihren Kindern. Über die Jahre hat er versucht, sich für die zerbrechliche Existenz des Landes zu interessieren, für seine Erfolge und Mißerfolge; aber aus der Distanz, indem er Bücher las und Artikel in Magazinen, ohne jegliches wirkliches Engagement. Ohne große Leidenschaft. Wird er enttäuscht sein? Oder wird er sich in dieses Land verlieben? Wie oft hat man ihm von seiner Schönheit und seinen verführerischen Reizen erzählt. Oder wird er es hassen? Hassen, wofür dieses Land steht. Seine widersprüchliche Politik, seine beengenden Gesetze, seine beschränkten religiösen Ansichten. Aber warum kümmert es ihn plötzlich?

Sein ganzes Leben hatte er das Gefühl, in die Welt zu gehören, auf das Schlachtfeld, zusammen mit richtigen Menschen, doch statt dessen verbrachte er die meiste Zeit damit, sich in einen Raum einzusperren und mit Bildern zu kämpfen. Warum ist er so ängstlich? Vielleicht wegen der Ausstellung im Museum.

Er fragt sich, ob die Skulpturen heil angekommen sind. Zweiundfünfzig Exponate. Ein Großteil seines Lebenswerks. Sie wurden vor Wochen eingeschifft. Er beobachtete am Pier, wie die Kisten eingeladen wurden. Was werden sie von seiner Arbeit halten? Es kam alles so schnell, die Einladung des Museums, als wenn sie ihn gerade erst entdeckt hätten. Woher dieses plötzliche Interesse? Haben sie in seiner Arbeit etwas entdeckt, das von Bedeutung für ihr Leben ist? Was können diese grotesken Dinge, die er macht, mit ihren Problemen zu tun haben? Seine Skulpturen reichen oft ins Abstrakte hinein. Sie reflektieren nicht die Realität, sondern die Auflösung der Realität im Verstand. Sein Ziel ist es nicht, zu beruhigen oder zu zelebrieren, sondern zu konfrontieren und zu verwirren. Seine Arbeitsweise hat nichts Elegantes oder Subtiles. Sie ist gewalttätig und irrational. Er verzaubert den Stein nicht, er beraubt ihn. Er ist nicht daran interessiert, einen leichten Zugang zu seinem Material zu schaffen, wenn er arbeitet, auch nicht daran, sich selbst zu verteidigen. Nein, er dringt in das Material ein, um es zu zerstören. Er fragt sich, ob sie ihn wohl darauf ansprechen werden, warum keine Skulpturen aus den letzten fünf Jahren dabei sind. Nun, er könnte sagen, daß er sich in letzter Minute dagegen entschieden habe, seine neuen Arbeiten hinzuzufügen, weil er neue Dinge versuche. Sie könnten weiter bohren. Wird er diese letzten fünf Jahre des Nichts erklären, begründen müssen? Nichts! Das große Loch, in das er gefallen ist. Eher eine Paralyse des Denkens als eine der Arbeit.

Vor etwa fünf Jahren, auf dem Höhepunkt seines Ruhms, als seine Arbeit gesucht und bewundert wurde, war er besessen von der absoluten Wahrheit der Formen und Konturen, und er begann über seine Kunst nachzudenken. Dies führte dazu, an seiner eigenen Arbeit zu zweifeln. Langsam versank er in Verzweiflung, als er seine ungeheuren Hoffnungen verglich mit der plötzlichen Erkenntnis, wie beschränkt doch seine Möglichkeiten waren. Während er sich selbst sagte, daß Realität nicht existiere, weil die Wahrheit nicht abgebildet werden könne, redete er sich ein, daß die Bildhauerei nur leblose geometrische Figuren produziere. Diese Veränderung hielt ihn davon ab, neue Arbeiten anzufangen, obwohl er zu arbeiten vorgab. Die Stücke, die er ausstellte, waren nicht einmal bearbeitet, sondern nur gefundene Felsen, kunstvoll aufgestellt. Riesige Brocken, unberührt und ungeschnitten, die nichts anderes repräsentierten als sich selbst, als ob der Stein sich weigere, Formen hervortreten zu lassen.

Den Kopf voller Zweifel, der Körper in Panik, schien er seine Stärke verloren zu haben, hilflos geworden zu sein. Er schleppte sich durch die Tage, kam kaum hinaus in die Welt, lag spät morgens noch im Bett, schlurfte in zerschlissenen Pantoffeln durchs Haus oder saß in einem Sessel, starrte die Wand an und lauschte seinem Herzschlag, wünschte sich vielleicht, daß er aussetzen würde, und wurde sich selbst fremd. Fünf Jahre vergingen, bevor er die Rückkehr von Energie und Hoffnung zu spüren begann. Dann traf eines Tages die Einladung des Museums aus Sarahs Land ein. Er freute sich, obwohl ihn dieses plötzliche Interesse verwirrte. Er nahm die Einladung zur Eröffnung an. So hatte er die Chance, Sarah nach all den Jahren zu sehen …

Entschuldigen Sie, Sir, möchten Sie noch etwas Kaffee? Eine Angestellte der Fluggesellschaft reißt ihn aus seinen Erinnerungen. Sie steht vor ihm, mit einer Kanne dampfenden Kaffees in einer Hand. Er bemerkt ihre Beine. Lange, seidige Beine. Bemerkt ihre Hüften, die in einem sehr eng anliegenden dunkelblauen Rock wippen. Er schaut auf. Nein danke, ich … Was für ein hübsches Gesicht. Der Mund. Die Augen. Groß und schalkhaft. Und ihr Körper. Exquisite Proportionen. Er ändert seine

Meinung – oh, ja bitte, ich möchte eine Tasse ... nur Zucker – nur damit sie noch einen Augenblick länger bleibt.

Warum fühlt er sich so deprimiert? So trübselig? Er könnte sich mit den anderen Passagieren unterhalten. Herausfinden, woher sie kommen und ob sie schon vorher in jenem Land gewesen sind. Statt dessen hat er sich diese hintere Ecke der Lounge ausgesucht und so getan, als lese er, um allein zu sein mit seinen Gedanken.

Auf dem Namensschild steht Cheryl. Was für ein entzückendes Wesen, und was für ein Paar Brüste, bemerkt er, als er von der ernsten, nachdenklichen Hälfte seiner selbst hinüberwechselt zur aggressiven, sensiblen Hälfte. Er würde sie liebend gern besteigen.

Ich hoffe, es langweilt Sie nicht allzu sehr, sagt Cheryl. Wir werden bald erfahren, wann wir weiterfliegen.

Er wirft ihr einen langen Blick zu. Wie sehr er es lieben würde, nur mit ihr allein in einem Raum zu sitzen. Sie zeichnen. Und dann vielleicht. Zwei Stunden totzuschlagen. Er würde ihr alles von sich erzählen. Ja, Bildhauer. Würde ihr von der Ausstellung seiner Arbeiten im Museum erzählen. Sie würde beeindruckt sein. Ein Künstler! Sie ist nie zuvor einem Künstler begegnet. Sie würden einander ergreifen. Einfach so. Sie würden sich voller Hingabe umarmen und küssen. Er würde ihre Bluse aufknöpfen, sein Gesicht von dem ihren lösen und seinen Mund auf ihre festen nackten Brüste drücken. Er würde ihre Brustwarzen in einen Zustand ungeduldiger Erwartung lecken. Dann würden sie sich mit zittrigen Fingern gegenseitig entkleiden. Er würde ihre Hüften streicheln, während sie ihm mit ihren Fingernägeln den Rücken hinunterfährt. Sie würden aufs Bett fallen. Auf den Boden. Einfach so. Aus reinem Vergnügen, nur zum Spaß, ohne viel zu reden, ohne Fragerei. Um die Zeit rumzubringen, bis das Flugzeug weiterfliegt. Grabsch sie. Spüre ihre Feuchte. Sie wird kichern. Dann wird sie auf ihm sitzen, ihre Beine rechts und links von seiner Brust, und wird ihm sagen, was für einen tollen Körper er hat. Weil ich viel Tennis und Golf spiele, wird er sagen. Und die Bildhauerei ist eine starke körperliche Anstrengung. Sie würde nicht in der Lage sein zu fragen, welche Art von Statuen er mache, denn ihr Mund würde voll von ihm sein, und er würde seine Arme fallen lassen und das Vergnügen ihrer Lippen und ihrer Zunge genießen ...

Wenn ich sonst noch etwas für Sie tun kann, Sir, lassen Sie es mich wissen, sagt Cheryl, die noch immer vor ihm steht und ihre Kaffeekanne festhält. Er kommt sich plötzlich behelligt vor. Er setzt die Stimme des ungeduldigen Fluggastes auf und fragt, was Neues über unseren Flug?

Noch nicht, Sir, antwortet Cheryl mit einem feinen Lächeln. Wir sind immer noch für einen Abflug um siebzehn Uhr vorgesehen. Dann sollten wir etwa um zwanzig Uhr am Zielflughafen eintreffen. Wir werden wohl bald aufgerufen. Tut mir leid wegen der Verzögerung. Dann geht sie, noch immer lächelnd und mit den Hüften in ihrem engen blauen Kleid wackelnd, mit ihrer Kaffeekanne und bleibt vor einem anderen Passagier stehen.

Der Cousin steht auf und geht durch die Lounge, um sich die Füße zu vertreten. Er ist verärgert, daß die Flugbegleiterin ihn immer Sir genannt hat. Nach einer Weile kehrt er in seine Ecke zurück und lümmelt sich in seinen Sessel. Er ist jetzt müde. Er haßt diese Nachtflüge übers Meer. Wo war ich? fragt er sich und versucht, den Gedanken wieder aufzunehmen.

Und ich auch, wo war ich stehengeblieben? Ich meine, bevor ich mich durch die erotischen Phantasien des Cousins habe ablenken lassen ... Oh ja, ich bat Dich darum, Dich daran zu erinnern, wo ich Sarah und ihren Cousin zurückgelassen habe. Es gibt noch mehr über sie zu erzählen, besonders über die Zeit, als sie getrennt waren. Erinnere Dich an die beiden nach dem Krieg, als sie sich auf dem Bahnsteig umarmten. Sarah war nun fünfzehn und versuchte, die Tränen zu unterdrücken, als sie zum Abschied winkte. Wir werden zu diesem Augenblick zurückkehren müssen, und noch weiter zurück, um zu sehen, wie diese beiden in irgendeinem Winkel des großen Krieges zurückgelassenen Kinder überlebten, bis sie sich wiederfanden und entdeckten, daß ihnen ein Mehr an Leben verliehen worden war. Ach, da sind so viele Kreuzungen. So viele Ebenen. Wo soll ich den Faden dieser Fabel aufgreifen? Wo?

Aber nicht heute nacht. Nein, nicht heut nacht. Es ist nun spät. Ich bin müde, und Du mußt auch müde sein von diesem Herumstochern im Dunkeln. Aber wenn Du zuhören magst, werde ich Dir mehr erzählen. Ich werde Dir die ganze Geschichte erzählen, bis zum letzten Blitzschlag der Panik. Aber nicht jetzt. Sam ist gerade aufgewacht. Er bellt. Draußen wird es schon hell. Ich muß ihn Gassi führen.

Mittwoch, 21. Dezember

Der Winter ist da. Er brach heute morgen mit unkontrollierter Gewalt über uns herein. Wir sind eingeschneit. Ich arrangiere mich mit der Behaglichkeit der Hilflosigkeit und frage mich, ob man über die Korrektheit oder Unkorrektheit der unverzeihlichen Monstrosität debattieren kann. Daran war so etwas Bürokratisches. Es wurde als dreckiges, schmieriges Geheimnis behandelt, statt es als das Ergebnis eines fürchterlichen Schicksals anzuerkennen. Das bringt einen wirklich durcheinander.

Das ist ein guter Tag, über solche Dinge nachzudenken.

Montag, 2. Januar

Nun, ich habs versucht. Ich habs wirklich versucht. Was für ein Durcheinander. Eine frühe Katastrophe. In der Nacht, der Nacht, die das neue Jahr einleitet, der Nacht der Vorsätze, gab mir eine Stimme einen Rat. Eine einfache, klare Stimme hieß mich hierhersetzen, mich an den Tisch ketten und endlich anfangen. Diese Stimme sagte mir, daß ich nicht reisen solle, nicht herumschwirren, wie ich es vorhatte, weil hier nichts los ist, daß ich nicht mehr rummachen solle und einfach daran denken solle, mich mit dem ganzen Irrsinn selbst in den Wahn zu treiben.

Also stand ich am ersten Tag dieses neuen Jahres wie versprochen in aller Frühe auf und stellte mich dem leeren Blatt Papier. Meine Frau lümmelte im Schlafzimmer im Bademantel herum und brüllte den Hund an, der an ihrer Unterwäsche schnüffelte. Den ganzen Tag bis spät in die Nacht saß ich vor der alten Maschine und hackte drauflos. Ich ließ sogar die Neujahrsparaden und Football-Spiele aus, und Du weißt, was für ein Fanatiker ich bin. Naja, ich hab am späten Nachmittag ein paar Stunden gemogelt und mir angeschaut, wie die harten Huskies die mächtigen Sooners demolierten.

Ich versuchte es also am ersten Januar den ganzen Tag bis spät in die Nacht. Machte sogar am nächsten Tag wie verrückt weiter, aber mitten am Nachmittag warf ich alles fort. Alles Mist. Keine Form, keine Musik in den Worten. Hier bin ich also, wieder mal gestrandet. Ich habs nicht in den Griff gekriegt. Es schien keinen Sinn zu machen, keine Richtung zu haben. Es war reines Chaos. Nicht, daß ich mich vor dem Chaos fürchte. Ich habe Spaß an der Unordnung. Aber diesmal gibt es zu viele Dinge, um alles gleichzeitig zu beachten.

Außerdem schien die Sprache so flach. Armselig und dünn. Ohne Resonanz. Ein weiterer Fehlstart, das ist alles. Zum Teufel, es gibt so viele Fehlstarts im Leben. Sagen wir einfach, es war nicht der richtige Augenblick.

Ich kriege die Eröffnung nicht hin. Wo ich anfangen soll. Beginne ich mit dem Cousin in dem fruchtbaren Land der verdrehten Darstellungen, oder beginne ich mit Sarah in der trockenen Wüste? Oder sollte es der Ort zwischendrin sein, wo sie geboren wurden? Und warum nicht der Bauernhof, auf dem der Cousin seine Pubertät damit verschwendete, Mist zu schaufeln, oder die Lampenschirmfabrik, in der er nach dem Krieg arbeitete? Ich könnte auch auf der Eisenbahn beginnen, oder auf dem Schiff, das ihn ins Exil brachte. Das Flugzeug. So viele mögliche Abfahrtsorte.

Und wer sollte zuerst sprechen, oder besser, von wem sollte zuerst gesprochen werden? Sarah? Ihr Cousin? Sarah, das kleine, im Krieg verlorene Mädchen? Sarah, die Kindfrau, die lernt, mit ihrem Cousin die Ängste des Überlebens zu teilen? Oder sollte es der Cousin in mittleren Jahren sein, der über seine Niederlagen nachdachte, oder er in jüngeren Jahren, im Kampf, seine Berufung zu erfüllen? Oder doch Sarah, die am Rand des Nichtverstehens in Josettes Zimmer schläft? Oder Sarah, die gespannt auf die Ankunft ihres berühmten Cousins wartet, während sie durchs Schlüsselloch der Erinnerungen ihre vielen Ichs betrachtet? So viele Ecken. Hier geht es nicht um plane Geometrie, das ist Trigonometrie.

Das Beste ist jetzt, zu warten und darauf zu hoffen, daß ich bei der Nachdenkerei über die richtige Form stolpere. In der Zwischenzeit erwies sich dieser Rückzug von der Schreibmaschine wenigstens für ein paar Tage als das einzige, das zwischen mir und der Verzweiflung stand. Nun ist die Maschine wieder stumm, hat aber ein neues Farbband, für alle Fälle.

Vielleicht sollte ich den alten Trick anwenden, den Diderot uns in JACQUES LE FATALISTE beibringt, um der Frage nach dem Wo – Wo anfangen und Wohin gehen – auszuweichen.

Wo? – Wo? Leser, du bist aber von einer recht ermüdenden Neugier! Was zum Teufel ist daran wichtig? Selbst wenn ich dir erzählte, daß es in Pontoise oder in Saint-Germain oder in Notre-Dame de Lorette oder Saint-Jacques de Compostelle war, stündest du dann besser da? Aber wenn du darauf bestehst, werde ich dir sagen, daß sie auf – ja, warum nicht? – eine ungeheure

Burg zugingen, auf deren Türsturz geschrieben stand: Ich gehöre keinem und ich gehöre allen. Du warst schon hier, bevor du eintratest und wirst immer noch hier sein, wenn du gegangen bist.

Was für eine gerissene Art, sich um das Problem zu drücken. Diderot wußte einfach, daß man sich vor der Genauigkeit hüten muß, um mit der Geschichte voranzukommen. Man muß abschweifen. Lavieren. Improvisieren. Weiß lassen, was nicht ausgefüllt werden kann. Verschiedene Möglichkeiten anbieten. Von den Fakten abweichen, vom Wo und Wann, um an die Wahrheit zu gelangen. Wozu dieses obstinate Bedürfnis, der Geschichte einen sauberen Anfang, eine Mitte und ein Ende zu geben?

Die grausame Geschichte von Sarah und ihrem Cousin sollte ohne jede Erwähnung von Zeit und Ort erzählt werden. Sie sollte auf einer zeitlosen leeren Bühne ohne Szenerie stattfinden. Keine Ortsnamen. Kein Dekor. Nichts. Sie geschah einfach, irgendwann und irgendwo. Und eines Tages können sich Cousin und Cousine völlig verloren fragen, ob sie Bestandteil der Welt sind oder ob die Welt etwas ist, von dem sie nur annehmen, daß es einen solchen Ort gibt. Wieviel einfacher und um wie vieles profunder es doch wird, wenn man die Genauigkeit von Zeit und Ort außer acht läßt.

Es war einmal nach dem Krieg, da ging der Cousin an den einen Ort und Sarah an einen anderen. Sie waren viele Jahre getrennt. Gleichgültig, wie lang, oder welcher Krieg. Alle Kriege bringen Menschen auseinander. Alle Kriege machen Kinder zu Waisen und Eltern zu Trauernden. Sie litten. Jahre später, als sie wieder beisammen waren, weinten sie.

So sollte sie erzählt werden, unter völliger Mißachtung der Genauigkeit. Cousin und Cousine strandeten einfach am Abgrund ihres Abenteuers, so daß sie niemals auf das zurückblicken können, was geschah. Der Beginn ihrer Geschichte löscht alles schon im voraus aus. Doch da sie einer Rasse angehören, die wegen ihrer Ungeduld und Unfähigkeit, stillzuhalten, zum Überleben verdammt ist, müssen sie in Bewegung gesetzt werden, so daß sie sich endlich selbst stellen können. Selbst ein Anfang, der sich selbst auslöscht, ist der Anfang von irgend etwas. Wenn man doch so beginnen könnte, wie Diderot es tut, mit Mut und Dreistigkeit.

Wie trafen sie sich? Per Zufall, wie alle anderen. Wie hießen sie? Was kümmerts dich? Woher kamen sie? Vom nächstgelegenen Ort. Wohin gingen sie? Weiß man denn wirklich, wohin man geht? Was sagten sie? Der Meister sagte überhaupt nichts, aber Jacques sagte, daß sein Kapitän sagte, daß alles, was uns hier auf Erden zustoße, Gutes oder Schlechtes, von oben käme.

So viel ist bereits in diesem Anfang am Werk. Der Sinn für Rhythmus, das schnelle Tempo dieser einführenden Sätze in Form von Fragen und Antworten, die sich gegenseitig annullieren. Und natürlich der Irrealismus des Ganzen. Ich kenne keine Einleitung, die faszinierender ist, mich stärker Anteil nehmen läßt als diese.

Vielleicht sollte ich den Cousin Jacques nennen! Zu Ehren Diderots. Keine schlechte Wahl. Cousin Jacques, der Optimist. Jacques, der Steinmetz! ... Nein. Nein, Sarahs Cousin sollte namenlos bleiben. Ich weiß, Du wirst sagen, ich vergeude meine Zeit mit Spielchen, nur weil ich nicht weiß, wie ich die Geschichte anfangen soll. Du hast recht. Ich sollte nicht so rumalbern, nur weil ich mich weigere, mich der paralysierenden Heiligkeit des Realismus zu unterwerfen.

Sei versichert, ich würde liebend gern all die Tricks und Spielchen aufgeben, die mich so weit gebracht haben, wenn ich mich vom Schwindel des Realismus befreien könnte, diesem häßlichen Ungeheuer, das darauf lauert, in dem Moment loszuspringen, in dem du beginnst, deine Fiktion hinzukritzeln. Sarahs Geschichte sollte nicht mit der Banalität des Realismus befleckt werden. Dazu ist sie zu zerbrechlich. Realität ist eine Form der Desillusionierung. Der einzige Grund, warum wir uns dafür interessieren, ist die Katastrophe, die ständig dahinter lauert, oder ein schlechter Witz.

Hier, ich geb Dir ein Beispiel. Auf genau der Stelle, wo Tante Bashas Mietshaus stand, auf exakt der Stelle, wo

Tante Basha Sarah zurückließ, um sich in ihr feiges Überleben zu flüchten, steht jetzt ein Museum. Ich mach keinen Witz. Genau auf der Stelle. Ein Museum der Modernen Künste. Eine gigantische Struktur aus Glas und Stahl, leuchtend blau und grün angestrichen. Eine Monstrosität. Was für ein unglaubliches Stück an Auslöschung! Was für ein skandalöser Ersatz! Die Unmoral der Geschichte ersetzt durch die spielerische Leichtigkeit der modernen Kunst. Das alte schäbige Gebäude verwandelt in eine Comic-Heft-Szenerie, und alles ist wieder gut, so daß das Märchen weitergehen kann in der Hysterie der Stadterneuerung. Sie nennen es Face lifting, aber eigentlich nehmen sie der Stadt ihr Gesicht. So funktioniert der Schwindel des Realismus, durch Auslöschung und Ersatz.

Als die neunjährige Sarah vor Bashas Haus stand und zusah, wie ihre Tante sich in ihrem Pelzmantel und mit ihrem Koffer voller Reichtümer davonmachte, da hatte sie keine Ahnung davon, daß eines Tages an genau dieser Stelle ein Mausoleum der Kunst den Sieg über das Fiasko der Geschichte verkünden würde – ihrer Geschichte! Man muß sich solch beißender Ironie entziehen. Das ist der Grund, warum es so wichtig ist, keine genauen Angaben von Zeit und Ort zu machen, selbst auf die Gefahr hin, an der Allegorie vorbeizuschrammen. Geschichte ist ein Witz, dessen lustige Stelle schon immer vorher verdorben wird. Aber da das nicht die Geschichte der Ereignisse ist, wie sie eintraten oder nicht eintraten, sondern die

Geschichte der Konsequenzen aus den Ereignissen, gibt es keinen Grund für eine lustige Stelle.

Cousin und Cousine suchen nicht nach dem Grund für das, was geschah, sondern nach der Bedeutung der Abwesenheit. Die Abwesenheit des Schmerzes. Ihre Körper tragen keine Spuren der Leiden, die sie erduldeten, seit sie den körperlichen Schmerzen, dem Hunger und der Qual entrannen. In gewisser Hinsicht leiden sie darunter, nicht genug zu leiden. Sarah und ihr Cousin litten nie genug, es löste sich auf im Unverständnis. Das ist der Grund, warum ihrer beider Leben seine Erfüllung nur in den Umständen dieser Leere finden kann. Es ist nicht der plötzliche Schmerz, das Leiden eines einzigen Augenblicks, was zählt. Es zählt die Erinnerung, die man sich ein Leben lang bewahrt. Für Cousin und Cousine ist es die Erinnerung an eine Leere, und sie haben eine Lebensaufgabe daraus gemacht.

Doch genug davon. Laß uns lieber mal sehen, was der Cousin treibt. In der Zwischenzeit wird er wohl in der Wartehalle eingeschlafen sein, das ungelesene Buch noch immer aufgeschlagen auf dem Schoß. Nein, schauen wir lieber nach Sarah und Elie auf dem anderen Flughafen, und lassen wir den Cousin bei seinen erotischen Phantasien.

Sarah! Ich werde nicht weinen, wenn ich ihn sehe. Das sagt sie nicht, aber ihr Körper sagt es. Ich werde nicht weinen. Als würde Sarahs ganzes Dasein sich auf die

Verweigerung von Gefühlen, auf die Verweigerung von Tränen einstellen. Vielleicht erkennt er sie nicht mal, erinnert sich nicht mal daran, wie sie aussieht ... Wird sie ihn erkennen, wenn er aus dem Flugzeug steigt? Er wird sich in den fünfunddreißig Jahren auch verändert haben. Er war so gutaussehend, sah mit seinem welligen Haar und seinen ungestümen Augen seinem Vater so ähnlich. Die Photos, die sie im Laufe der Jahre wechselten, sind sie das wirklich? Wie alt ist er jetzt? Er war achtzehn, als er fortging. Sarah erinnert sich plötzlich an das, was ihr Cousin auf dem Bahnsteig sagte, als er sich auf den Weg in sein Exil machte. Ich muß gehen, ich muß eine Zukunft finden. Ihre Mundwinkel zeigen ein Lächeln. Jetzt klingen diese Worte so pompös, so melodramatisch.

Während Elie Zeitung liest, wandert Sarah zurück in die Vergangenheit, zurück zu dem Augenblick, als sie und ihr Cousin sich am Kriegsende wiederfanden und begriffen, daß ihre Eltern, Brüder und Schwestern vernichtet worden waren. Sie erinnert sich daran, wie schwer es für sie war, durchzukommen. Sie besucht wieder die kleine Ecke, die sie sich als Zuhause im Keller eines zerstörten Hauses eingerichtet hatten. Alles oberhalb des Kellers lag in Trümmern. Ausgebombt. Fast zwei Jahre lang lebten Cousin und Cousine in diesem Loch, wie Zigeuner, bis sie gezwungen wurden, auszuziehen, als die Stadt sich entschloß, die Trümmer zu beseitigen. Sie hatten den Keller mit Gegenständen möbliert, die sie in den Gebäuden gefunden hatten, die bei den Luftangriffen zerstört worden waren. Ein Tisch mit drei Beinen, den sie gegen die Wand lehnen mußten, damit er nicht umfiel, zwei wacklige Stühle, eine zerrissene Matratze. Sarah erinnert sich daran, wie sie beide eng nebeneinander auf der Matratze wachlagen, den Himmel durch einen kleinen Spalt in der Kellerdecke betrachteten, ein Spalt in Form eines Fisches, und wie sie Nacht für Nacht versuchten, sich gegenseitig zu erzählen, was geschehen war, nachdem ihre Eltern verschleppt worden waren und sie plötzlich zurückgelassen wurden – Sarah auf der Straße, ihr Cousin in einem Wandschrank.

Sarah begann zu erzählen, sie flüsterte, als fürchtete sie, die Wörter herauszulassen, doch dann hielt sie inne und starrte in die Dunkelheit, und ihr Cousin fragte sie, was ist los? Sie gab keine Antwort, aber er wußte, was los war, genau wie sie, wenn er mitten in seiner Geschichte unterbrach. Eigentlich war nichts los, die Geschichte weigerte sich nur, erzählt zu werden.

Dann trennten sie sich. Obwohl sie sich regelmäßig schrieben, wenigstens in der ersten Zeit, erwähnten sie mit keinem Wort, was geschehen war. Es war, als ob ein Abschnitt ihres Lebens verwischt, ausradiert worden war. Aber vielleicht lag in ihrer Unfähigkeit, jenen Augenblick mit Worten zu fassen, eine Absicht, vielleicht sogar Befriedigung.

Elie faltet die Zeitung zusammen. Ich werde mal schauen, ob es was Neues mit seinem Flug gibt. Ich bin gleich wieder da. Soll ich dir was zu trinken mitbringen?

Sarah schüttelt den Kopf, nein danke. Sie steht auf, um sich zu strecken. Plötzlich fühlt sie sich unwohl. Warum mußte sie nur dieses dumme Kleid anziehen? Sie ist mehr sie selbst, wenn sie Hosen trägt. Sie trägt nie Kleider. Außer bei besonderen Anlässen. Als ihre Tochter heiratete. Zum Begräbnis von Elies Bruder. War das ein trauriger Tag. Sein jüngerer Bruder kam bei einem dieser sinnlosen Angriffe ums Leben. Sie kommt sich so plump vor in diesem ärmellosen blauen Kleid mit diesem gestärkten weißen Kragen. Und wozu trägt sie diese Tasche? Der dünne Stoff des Kleides klebt in der Hitze an ihrem Körper. Sie kommt sich vor, als würden alle ihre Hüften, ihre Brüste anstarren. Warum mußte sie auch Elie fragen, ob sie für den Flughafen ein Kleid anziehen solle? Ein Kleid ist vielleicht passender, meinte Elie. Der sanfte Elie, immer so besorgt. Warum passender? Plötzlich ist Sarah wütend auf sich, verärgert, daß sie das Opfer rastloser und dummer Eingebungen geworden ist. Sie fragt sich, ob ihr Cousin peinlich berührt sein wird, wenn er sieht, wer sie ist, was aus ihr geworden ist. Werden sie sich noch etwas zu sagen haben?

Elie kommt zurück. Nichts Neues. Sie sagen, daß das Flugzeug wahrscheinlich um acht eintrifft, aber das ist noch nicht bestätigt worden.

Es ist erst halb sechs, was machen wir jetzt? Ich hasse es, auf Flughäfen zu warten. Das ist so langweilig.

Was können wir denn sonst machen? Elie zuckt mit der Schulter. Es hat keinen Sinn, zurück in die Stadt zu fahren. Das ist eine gute dreiviertel Stunde Fahrt. Und was machen wir da? Und außerdem ist die Stadt bestimmt voller Soldaten und Polizisten, die nach den Terroristen suchen. Jetzt haben wir hier schon so lange gewartet, auf zwei, drei Stunden kommt es da auch nicht mehr an. Schau, warum holen wir uns nicht einen Kaffee oder sowas.

Sie gehen auf die Terrasse des Flughafencafés. Das Café ist gepackt voll. Alle reden immer noch über die Bombe. Es scheint, daß einer der Terroristen gefaßt worden ist, die anderen beiden aber entkommen konnten. Sarahs Hand zittert ein wenig, als sie ihre Tasse hochhebt. Elie, vielleicht sollten wir versuchen, Yossi anzurufen, sagt sie, vielleicht kann Yossi ...

Was kann Yossi denn schon wegen des Flugzeugs ausrichten? Du glaubst immer, Yossi kann alle Probleme lösen.

Nein, ich meine nicht wegen des Flugs, sondern wegen des Attentats. Ich ... ich mach mir Sorgen.

Das ist sein Job. Und woher willst du wissen, daß er dabei ist?

Ich weiß es. Ich weiß, daß er dabei ist. Yossi ist immer dabei.

Sie schweigen eine Weile. Ein riesiges Flugzeug gleitet über sie hinweg zur Landebahn. Alle schauen auf. Sie lassen wieder Flugzeuge landen, sagt Sarah. Vielleicht kommt sein Flug doch früher an, als sie gesagt haben. Dann fügt sie hinzu, so als würde sie laut nachdenken, ich kann immer noch nicht glauben, daß er kommt. Ich auch nicht, sagt Elie. Ich bin neugierig, ihn kennenzulernen. Und es wird interessant sein, zu sehen, was für Sachen er macht.

Sie treiben Konversation, wiederholen alles, was sie vorher schon gesagt haben, nur um die Zeit totzuschlagen.

Ist das nicht ein Ding, Elie, mein Cousin ein berühmter Künstler! Ein Bildhauer! Aber eigentlich überrascht mich das nicht. Als er jung war, war irgendwas an ihm, etwas Rätselhaftes an seiner stillen Starrköpfigkeit und seiner Launenhaftigkeit. Ich erinnere mich daran, wie er stundenlang dasaß und ins Leere starrte.

Ich nehme an, daß er berühmt ist, sonst hätte das Museum ihn nicht eingeladen. Aber ist es nicht komisch, daß er in seinen Briefen nie über seine Arbeit gesprochen hat? Mit keinem Wort. Hat nie einen Katalog geschickt. Nichts.

Stimmt. Aber weißt du, das ist nicht ungewöhnlich, viele Künstler mögen nicht über ihre Arbeit sprechen. Vielleicht ist er auch so. Aber er hat uns doch einmal einen Artikel über sich geschickt. Weißt du nicht mehr? Er war in einem von diesen Hochglanzmagazinen erschienen.

Ich erinnere mich, so eine Art Interview über seine Arbeitsweise. Da war sogar ein Bild von ihm neben dem Artikel. Oder? Aber das ist schon lange her. Mindestens fünfzehn Jahre, wenn nicht mehr.

Stimmt, ein Bild von ihm in seinem Studio neben einer seiner Skulpturen. Ich habe das Photo bestimmt noch irgendwo.

Ja, eine riesige Skulptur. Er sah so klein daneben aus. Schwer zu sagen, was es wohl darstellen sollte. Schien aus ineinander verdrehtem Stahl und Plastik gewesen zu sein. Ich erinnere mich, auf uns machte es einen gewalttätigen Eindruck.

Stimmt. In dem Artikel stand auch, wie merkwürdig und gewalttätig sein Werk sei. Darin stand, daß der Grund für das ungewohnte Aussehen seiner Skulpturen in der Verwendung aller möglichen verschiedenen Materialien außer Metall oder Stein läge. Sachen wie Plastik, Stoffe, Leder, sogar Knochen, Knochen von toten Tieren, und deshalb schauten seine Arbeiten so wild und brutal aus. Weißt du, ich bin nicht sicher, ob mir so etwas gefallen wird.

Wenn es um Kunst geht, mag ich die angenehmen Dinge, und ich möchte gern erkennen, was ich mir da anschaue.

Sarah versinkt in Gedanken. Sie erinnert sich gerade daran, was ihr Cousin in jenem Artikel sagte, als er gefragt wurde, ob er in seinen Skulpturen Knochen verwende, um den Tod anzudeuten. Seine Antwort berührte sie damals sehr. Wenn das Holz in meinen Arbeiten zögert, ein Baum zu sein, oder das Leder Haut, warum sollten die Knochen der Tod sein. Knochen sind nur ein Material wie jedes andere. Was für eine merkwürdige Antwort. So als ob er die Bedeutung seines Werks hatte verleugnen wollen. Als ob er Angst vor den Implikationen gehabt hätte. Aber vielleicht war das nur eine Phase. Die Gewalt. Künstler haben verschiedene Phasen in ihren Arbeiten. Wer weiß, vielleicht ist das, was er jetzt macht, ganz anders. Sanfter und bedeutungsvoller. Wenn man älter wird ...

Weißt du, nur aufgrund eines Photos in einem Magazin zu urteilen, ist schwer, sagt Sarah und taucht aus ihren Gedanken auf. Ich denke, wir werden uns selbst ein Urteil bilden können.

Elie antwortet nicht. Er faltet seine Zeitung auseinander und fängt wieder zu lesen an. Sarah zieht sich in sich zurück und fragt sich, ob ihr Cousin sich wohl sehr verändert hat. Er war so sanft, so besorgt um sie. Obwohl, bei allem anderen war er immer dickköpfig und entschlossen. Ist er verbittert geworden? Sieht er nur die dunkle Seite des Lebens?

Warum kommt er allein, ohne Frau und Tochter? So wie er von ihnen in seinen Briefen spricht, muß er sie wohl sehr lieben, ihnen sehr nahe sein. In seinem letzten Brief schrieb er, daß sie vielleicht später nachkämen. Vielleicht mag er wegen der Ausstellung und wegen des Presserummels erst mal allein sein. Dennoch, warum er diesen Moment wohl nicht mit ihnen teilen will? Sarah hat oft versucht, sich vorzustellen, was für ein Mensch wohl seine Frau ist. Ihr Cousin hat nie viel über sie erzählt, nur kurz nach ihrer Heirat schrieb er, daß auch sie während des Krieges eine schwierige Zeit durchgemacht habe. Sarah würde sie so gern kennenlernen. Und seine Tochter auch. Sie muß ungefähr im selben Alter wie Yossi sein. Er spricht immer so zärtlich von ihr. Wie kann ein Mann, der eine solche Liebe zu seiner Tochter zeigt, in seinen Werken so gewalttätig sein?

Wird er kühl und abweisend sein? Desinteressiert? Sarahs Verstand rast von einem Gedanken zum nächsten. Erinnert er sich noch daran, was sie ihm schrieb, als sie hier ankam? Ihre Briefe schienen ihn zu belästigen, weil sie darauf beharrte, daß er hierher ziehen solle, daß er hierher gehöre. Und er antwortete darauf, ich weiß, du hast recht, ich gehöre dort hin. Hab Geduld, du wirst sehen, ich komme. Aber er kam nie.

Obwohl er Sarah stets schrieb, daß die Dinge gut liefen, waren die ersten Jahre seines Exils eine einzige Enttäuschung, bei der er von einem Unglück ins nächste stolperte. Von einer Niederlage zur anderen. Sein Leben hatte keine Richtung, keinen Sinn. Dennoch fand er immer wieder neue Gründe und Ausreden, warum er sich nicht Sarah anschließen könne. Er führte ein einsames und auf sich gerichtetes Leben, arbeitete alles mögliche, nur um durchzukommen. Doch eines Tages entdeckte er in seinen Händen die Bedeutung seines Lebens.

Er saß allein in einem Restaurant und wartete auf seine Bestellung, als er sich dabei ertappte, wie er aus dem weichen Kern eines Stück Brots geistesabwesend eine menschliche Figur formte. Es war nur eine grobe Figur, aber sie fühlte sich in seinen Händen vertraut an. Seine Finger formten das Gesicht, seine Daumen drückten dort, wo die Augen sein sollten, als er plötzlich innehielt und eine unerwartete Heiterkeit spürte. Diese Form ohne Substanz, dieses Wesen ohne Leben versuchte ihm etwas zu sagen. Er stand auf und verließ das Restaurant, ohne auf sein Essen zu warten. Er lief lange mit gesenktem Kopf, geistesversunken, durch die Straßen. In den darauffolgenden Tagen ging er von Museum zu Museum und betrachtete die Skulpturen. Er verbrachte Stunden vor ein und derselben Statue und versuchte zu begreifen, was es war und wie es gemacht worden war. Manchmal ging er nahe an den Stein heran und berührte ihn. Er ließ seine Hand auf einer Krümmung ruhen oder spürte einem Spalt im

Stein nach, bis ihn die Museumswärter aufforderten, die Kunstwerke nicht zu berühren. Langsam begann er zu begreifen, daß eine Statue in dem Raum, den sie einnimmt, der Abwesenheit Form verleiht. Sein ganzes Leben war er besessen gewesen von der Abwesenheit, und nun hatte er eine Möglichkeit gefunden, diese Abwesenheit präsent zu machen. Die folgenden Jahre widmete er dem Kunststudium. Da er gezwungen war, tagsüber zu arbeiten, ging er in die Abendschule. Er war besessen von seinen Studien und las alles, was er über die großen Meister finden konnte. Schließlich beherrschte seine Arbeit als Bildhauer sein gesamtes Leben. Alles andere war zweitrangig.

Während sie darauf wartet, daß ihr Cousin eintrifft, fragt sich Sarah, ob er immer noch wütend ist, weil sie ihn so oft bedrängt hatte, zu kommen. Sie schüttelt den Kopf, als ob sie sich selbst eine Antwort geben wollte. Nein, das war so lange her.

Nachdem er sie verlassen hatte, lebte Sarah bei einem jungen Paar, das sie und ihr Cousin bei einem Treffen kennengelernt hatten, bei dem Leute zusammengekommen waren, deren Familien während des Krieges verschwunden waren. Nicht viel älter als Cousin und Cousine, hatten auch sie es geschafft zu überleben. Marco und Olga lernten sich in der Deportation kennen, halfen einander, Schmerz und Hunger zu erdulden, verliebten sich, und nun, verheiratet und mit einem einjährigen Kind, lernten sie, sich mit ihrem Überleben auseinanderzusetzen. Sarah und ihr Cousin verbrachten oft die Abende mit Marco und Olga, teilten ihr Essen mit ihnen und sprachen über die Zukunft. Als man Sarah das Visum verweigerte, um mit ihrem Cousin fortzugehen, wegen des tuberkulösen Flecks auf ihrer Lunge, bestand sie darauf, daß er allein ging. Marco und Olga boten sich an, auf sie achtzugeben, bis sie gesund sei und sich ihm anschließen könne. Sarah zog bei ihnen ein. Sie stellten ihr ein Klappbett in die Küche. Ihr machte es nichts aus. Sie waren nett. Sie behandelten sie wie eine kleine Schwester, und sie war glücklich bei ihnen. Sie kümmerte sich um das Baby, während Marco und Olga zur Arbeit gingen. Marco hatte eine Stelle bei einem Schneider gefunden, der ihm beibrachte, wie man Herrenhosen zuschnitt. Olga arbeitete als Näherin in einem kleinen Bekleidungsgeschäft.

Ihr Cousin hatte ihr etwas Geld dagelassen, Geld, das er gespart hatte, als er in einer Fabrik arbeitete, und er versprach, ihr jeden Monat etwas zu schicken, damit Sarah sich wegen ihrer Tuberkulose behandeln lassen konnte.

Den ganzen Tag allein mit dem Kind, verbrachte Sarah ihre Zeit damit, Mutter zu spielen. Sie mochte das, obwohl es sie manchmal traurig stimmte, weil sie immer noch den Wunsch nach mütterlicher Fürsorge verspürte. Fünfzehn, aber immer noch ein Kind, war sie nun zu alt, um wieder in die Schule zu gehen. Den Rest ihres Lebens mußte sie sich mit dieser Wissenslücke und diesem Mangel an mütterlicher Fürsorge abfinden. Oft nahm sie das Kind mit in den nächstgelegenen Park. Manchmal schob sie sogar den Kinderwagen bis in ihre alte Nachbarschaft und wanderte stundenlang durch die Straßen, als würde sie nach etwas suchen, als erwartete sie, daß ihre Eltern und Brüder plötzlich vor ihr stehen würden. Selbst sechs Jahre, nachdem sie verschleppt worden waren, phantasierte sie immer noch davon, einfach so.

Eines Tages setzte sich im Park ein Mädchen etwa gleichen Alters neben sie auf die Bank. Auch sie kümmerte sich um ein Baby. Sie hieß Iris. Sie hatte ein rundes Gesicht mit schnellen Augen, kurzen Haaren und Händen, die die ganze Zeit gestikulierten, wenn sie sprach. Auch ihre Eltern waren im Krieg verschwunden, und wie Sarah litt auch sie an der Einsamkeit und der Abwesenheit. Die beiden Mädchen sprachen lange miteinander, zuerst über die Babies und die Eltern der Babies, aber nach und nach erzählten sie sich gegenseitig die Geschichte ihrer Flucht.

Sarah erzählte Iris, wie ihre Mutter sie zum Broteinkaufen geschickt hatte, als die Soldaten kamen und sie verhafteten, und wie die Frau, die nebenan wohnte, sie zur Polizei bringen wollte, damit man sie mit ihren Eltern zusammenbringen konnte, und wie sie der Frau weggerannt war und den ganzen Tag umherwanderte und darauf wartete, daß ihre Familie heimkam, und wie sie am Nachmittag Tante Basha begegnete, die in einem Taxi davonfuhr, aber die Tante sprach nicht mit ihr, winkte ihr nur zu und ließ Sarah zurück, ganz allein, und danach, wie sie weiter durch die Straßen lief, bis Josette, die eine Prostituierte war, sich um sie kümmerte. Sarah erzählte ihre Geschichte schnell, fast flüsternd.

Dann erzählte Iris, wie sie aus dem Zug gestürzt war. Ein Güterzug voller Kinder. Sie wußte nicht, wohin der Zug fuhr. Das war, nachdem sie von ihren Eltern getrennt worden war. Sie stürzte bei voller Fahrt aus dem Zug. Iris lachte, ein Kichern peinlicher Berührtheit, als sie Sarah erzählte, wie es passiert war. Der Güterwaggon war gepackt voll mit weinenden und schreienden Kindern. Es war sehr heiß in dem Zug. Ein Junge versuchte, die Tür zu öffnen, um etwas Luft hereinzulassen. Iris wurde dagegen gedrückt, und als die Tür plötzlich aufging, fiel sie hinaus. Vielleicht hatte sie zufällig jemand geschubst. Sie fiel in einen Graben und blieb dort lange Zeit liegen, bis ein alter Bauer sie dort fand. Sie jammerte, weil sie sich ein Bein gebrochen hatte. Der Bauer brachte sie auf seinen Hof und holte einen Arzt, um das Bein zu richten. Er legte ihr einen riesigen Gipsverband an. Sie war neun, als das geschah. Der Bauer und seine Frau sprachen davon, daß es ein Wunder gewesen sei, wie sie aus dem Zug gefallen sei und überlebt habe. Den anderen Bauern gegenüber erzählten sie, sie sei vom Himmel gefallen. Die alten Bauern waren nett zu ihr, und sie half auf dem Hof, aber eines Nachts starb die Bauersfrau, und nach der Beerdigung brachte der alte Mann Iris mit seinem Pferdewagen in ein Konvent. Sie blieb dort bis zum Kriegsende, aber sie war sehr unglücklich. Die

Nonnen zwangen sie dazu, zu beten und den ganzen Tag schwer zu arbeiten.

Sarah traf sich fast täglich mit ihrer neuen Freundin. Iris war der einzige Mensch, mit dem Sarah rückhaltlos und ohne Scham reden konnte. Selbst ihrem Cousin konnte sie nicht alles erzählen. Anders als Sarah, die ihr Schicksal passiv hinnahm und sich nicht bewußt zu sein schien, was um sie herum vorging, war Iris voller Leben und voller Erwartungen. Sie erzählte Sarah von dieser Gruppe junger Menschen, Überlebenden wie sie, die sich darauf vorbereiteten, weit weg zu ziehen, dorthin, wo man Leute brauchte, die sich dem Ziel verschrieben, ein neues Land aufzubauen. Das ist eigentlich nur ein Stück Wüste, erklärte Iris, aber mit harter Arbeit kann daraus ein wunderschöner Fleck werden. Eine Heimat. Eine richtige Heimat für uns. Ein paar Monate, nachdem ihr Cousin fortgegangen war, schlossen sich Sarah und ihre neue Freundin dieser Gruppe an und zogen in die Wüste. Sarah bat ihren Cousin nicht mal um Rat. Sie ging einfach.

Das war vor fünfunddreißig Jahren. Sarahs Augen werden plötzlich wäßrig, als sie sich daran erinnert, wie Iris, nur wenige Wochen nach ihrer Ankunft auf der Lagerfarm an der Grenze, bei einem der Nachtangriffe in die Brust getroffen wurde. Zwei Tage später starb sie, Sarahs Hand haltend.

Sarah wühlt in ihrer Handtasche nach einem Taschentuch. Sie putzt sich die Nase und trocknet ihre Augen.

Elie schaut von seiner Zeitung auf. Erzähl mir bloß nicht, du holst dir in dieser Hitze eine Erkältung. Nein, mir ist nur etwas ins Auge geflogen, erwidert Sarah und dreht den Kopf beiseite. Sie schüttelt den Kopf, um diese traurige Erinnerung aus dem Verstand zu schütteln. Plötzlich bildet sich in ihren Mundwinkeln ein winziges Lächeln, als ihr einfällt, was ihre Tante Basha sagte, als sie ihr erzählte, sie würde fortgehen. Das ist eine gute Idee, meinte die alte Tante zustimmend. Ja, das ist ein guter Ort für Waisenkinder wie dich.

Bald nach dem Krieg kehrte Tante Basha zurück in die Stadt. Sie war die einzige der gesamten Familie, die zurückkam. Alle anderen waren verschwunden, selbst ihr Mann und ihre beiden Söhne, doch irgendwie schaffte es die alte Tante, am Leben zu bleiben. Sie zog wieder in ihre alte Wohnung und lebte dort allein inmitten ihrer Sachen, ging selten vor die Tür, bis sie in hohem Alter starb. Schließlich wurde Tante Bashas Haus abgerissen und an der gleichen Stelle ein Museum für Moderne Kunst errichtet.

Eines Tages begegneten Sarah und ihr Cousin ihrer Tante auf der Straße. Sie hatten keine Ahnung davon, daß sie zurück war. Das war erst wenige Wochen, nachdem die beiden sich Ende des Krieges wiederbegegnet waren. Zuerst waren die Kinder sich nicht sicher, ob es Tante Basha war. Sie sah alt aus, sehr alt, ihr Haar war nun grau, ihr Gesicht faltig, und sie ging vornübergebeugt. Aber es war ihre Tante. Sie liefen auf sie zu und riefen ihren Namen. Sie schien sie nicht zu erkennen, und als sie näherkamen, schob sie sie beiseite. Sie ging weiter, zog ein Bein nach und sprach laut mit sich selbst. Sarah und ihr Cousin gingen neben ihr und versuchten zu erklären, wer sie waren. Sie schüttelte weiter den Kopf und sagte, nein, nein, macht euch fort, doch dann bat sie sie, die Tasche mit dem Essen zu tragen, die sie wie ein Baby umschlungen hatte. Sie trugen die Tasche die dunklen Stufen hinauf bis zu ihrer Wohnung im fünften Stock, dieselbe Wohnung, die die Kinder in der Vergangenheit so oft besucht hatten. Die Wohnung war dunkel, staubig und muffig, und zerbrochene Gegenstände lagen überall verstreut. Einige der Möbel waren mit dreckigen Laken verhängt. Die Fenster waren verschlossen und die Scheiben streifig. Sarah und ihr Cousin bekamen Angst vor dieser Frau, die sich wie eine Fremde benahm, dennoch mußten sie ihr erzählen, daß sie die Kinder ihrer Schwester und ihres Bruders waren, die fortgeschleppt worden waren, aber Basha schob sie weiter von sich und schüttelte den Kopf, als wollte sie nicht hören, was sie sagten. Dann fing sie zu schreien an, während sie mit den Händen vor ihrem Gesicht rang. Sie schob die Kinder zur Tür und schrie, geht jetzt, geht, doch dann änderte sie ihre Meinung, nein, wartet einen Augenblick, sagte sie mit leiser Stimme und starrte sie an, als wollte sie sich an irgend etwas erinnern.

Als Sarah und ihr Cousin schließlich gingen, rannten sie, sich an den Händen haltend, den ganzen Weg die dunklen Stufen hinunter und weg von Bashas Haus.

Sie gingen nie wieder zurück in die Wohnung, doch begegneten sie ihrer Tante ab und zu auf der Straße, wie sie mit sich selber sprach und stets eine Tasche mit Essen trug. Sie gingen ihr aus dem Weg. Doch einmal, als Sarah allein war, sah sie ihre Tante aus einem Laden kommen, und sie ging auf sie zu, um ihr noch einmal zu erzählen, wer sie war, doch als sie näher kam, sah sie, daß Bashas Gesicht ganz gelb geworden war, wie eine Maske, und daß die Augen voller Eiter waren. Das war so schrecklich, daß Sarah davonstürmte, ohne mit ihr zu sprechen. Doch als sie sich entschloß, mit Iris in die Wüste zu gehen, ging Sarah und erzählte ihrer alten Tante davon, und daraufhin sagte Basha, ja, das ist eine gute Idee, ein guter Ort für Waisenkinder wie dich.

Waisenkinder! Sarah fragt sich, ob sie immer noch ein Waisenkind ist. Oder ihr Cousin. Hält er sich immer noch für ein Waisenkind? Hält man sich immer noch für ein Waisenkind, wenn man älter wird? Über fünfzig? Ist man noch Waisenkind, wenn man älter ist als die eigenen Eltern? Älter als sie, als sie starben? Sarahs Mutter war zweiunddreißig, ihr Vater vierunddreißig, als man sie fortschleppte, um sie zu vernichten. Wann im Leben hört man auf, ein Waisenkind zu sein?

Neben Elie auf der Terrasse des Cafés in der Nachmittagshitze sitzend, schließt Sarah ihre Augen und versinkt tiefer in sich. Auf der Bühne ihrer Erinnerungen sieht sie ein kleines Mädchen vor dem Haus stehen, in dem sie gewohnt hat; wie es hinaufschaut zu den Fenstern der Wohnung im zweiten Stock. Mit einer

Hand schützt sie die Augen vor der Sonne. Es ist ein wunderschöner Tag im Mai. Der Krieg ist vorbei. Die Straßen sind voller Menschen. Als Sarah sich schließlich von dem Gebäude abwendet, sieht sie ihren Cousin auf der anderen Straßenseite. Wie versteinert. Sie starren sich an, als wollten sie sich daran erinnern, wer sie sind. Und dann, als sie sich zögernd aufeinander zu bewegen, ruft er aus, Sarah, du bist's! Und sie ruft auch, das bist du! Und nun laufen sie aufeinander zu und umarmen sich mitten auf einer überfüllten Straße. Dann, nach den Tränen und den Umarmungen und nachdem sie sich zärtlich über ihre Gesichter gestrichen sind, fragt er, sind deine Eltern und Brüder zurück? Und sie sagt, nein. Und er sagt, meine auch nicht.

Später in jener Nacht, in dem Keller des zerstörten Hauses, kuschelten sich Cousin und Cousine auf der blanken Matratze aneinander und versuchten dort in den Trümmern zu begreifen, wer sie waren und was aus ihnen werden sollte, nun, da sie dem großen Tumult entronnen waren. In jener Nacht sagte Sarah, während sie wach nebeneinander lagen und den Himmel durch das Loch in der Decke betrachteten, mit großem Nachdruck in ihrer Stimme, bring mir bei, stark zu sein. Bring es mir bei. Ich muß stark sein. Ihr Cousin antwortete nicht, aber er fühlte nach ihrem Gesicht und legte seine Hand auf ihren Mund.

Nacht für Nacht wiederholten sie dieselben Worte, stellten dieselben Fragen und fragten sich, ob sie jemals ihre Familien wiedersehen würden. Sarah fragte, glaubst du, daß sie bald zurückkommen werden?

Deine und meine Eltern? Deine Brüder und meine Schwestern? Alle? Ich weiß es nicht. Ich weiß es wirklich nicht. Seit ich vor drei Wochen zurückgekommen bin, habe ich überall herumgefragt. Ich habe sogar im Ministerium der Kriegsopfer angefragt. Sie wissen gar nichts. Einige kehren zurück. Nicht viele. Niemand scheint zu wissen, was mit all den anderen geschah.

Nacht für Nacht flüsterten sich Sarah und ihr Cousin in diesem Loch von Keller Bruchstücke ihrer Geschichte zu. Aber sie kamen nie bis zum Ende damit. Du zuerst, sagte sie. Nein, du zuerst, beharrte ihr Cousin. Du erzählst mir, wo du gewesen bist und wie du so ganz allein zurechtgekommen bist. Also fing Sarah an zu erzählen, hielt aber bald wieder inne und fragte mit immer der gleichen Verbitterung in der Stimme, warum haben die das getan?

Und ihr Cousin antwortete, ich weiß es nicht, ich weiß es nicht. So sind die Menschen manchmal. Manchmal tun die Menschen so etwas ohne jeden Grund einander an.

Aber wir haben doch nichts Falsches gemacht, sagte Sarah mit wütenden Tränen in den Augenwinkeln.

So sind die Menschen nun mal ...

Oh nein, das ist zu einfach. Und trotzdem wird es viele Jahre dauern, bis Sarah und ihr Cousin begreifen, daß die Ungeheuerlichkeit, die ihre Eltern, Brüder und Schwestern verschlungen hat, wenig damit zu tun hat, wie die Menschen nun mal sind. Die Menschen werden gegen ihren Willen in die Geschichte gezerrt. Was geschah, war nur eine unausweichliche historische Tatsache, und Sarah und ihr Cousin werden lernen müssen, daß letztendlich alles der Banalität zum Opfer fällt – Horror ebenso wie Furcht.

Du wirst Dich fragen, wie ich Sarah und ihren Cousin umkreisen kann, ohne in der Lage zu sein, ihre Geschichte zu greifen. Hör mal, sprechen wir nicht ständig blumenreich und ausgiebig über die Großtaten, die wir vollbringen wollen, nur wenn es dann soweit ist, diese Taten zu vollbringen, dann scheinen wir nicht dazu fähig zu sein? Ein Großteil unseres Lebens verschwenden wir mit den Wenns und Abers unserer Wünsche und unseres Bedauerns, und ich bin da auch nicht besser als jeder andere, schiebe alles immer weiter vor mir her. Aber wer weiß, vielleicht hat diese eingeschränkte Unfähigkeit ihren vorbestimmten Platz im Arbeitsablauf, der ihr von einem Zorn zugewiesen wurde, der frei ist von Wünschen und Bedauern. Also hab Geduld mit mir. Vielleicht werde ich Dir bald die ganze Geschichte erzählen.

Montag, 6. Februar

Seit über einem Monat habe ich nicht mehr über Sarah gesprochen. Ich dachte, ich hätte ihre Geschichte verloren, aber sie war nur in eine entlegene Ecke meines Gedächtnisses versunken. Heute morgen ist Sarah wieder da und bittet darum, ausgesprochen zu werden. In diesem vergangenen Monat habe ich von Dir auch nichts gehört. Ein sehr ungewöhnliches Schweigen. Ich mache mir Sorgen, besonders seit Du das letzte Mal von dem Sprung, dem großen Sprung gesprochen hast, den Du vor Dir hättest. Das hatte ich erst nicht verstanden, und dann las ich in der Zeitung von Primo Levi, der sich in irgendeinem Treppenschacht zu Tode gestürzt hat, und ich stellte mir in meinem jetzigen schwarzen Seelenzustand Deinen tiefen Abgrund an Dunkelheit vor und dachte ... in einem kranken Augenblick, oder vielleicht sogar so etwas wie Freude, Du würdest ... aber ich widerstand dieser Vorstellung.

Schreibe bald und sag mir, daß der Sprung, von dem Du gesprochen hast, nur eine Metapher war. An einem klaren kalten Tag wie heute sollte man sich nicht solchen morbiden Gedanken hingeben, sondern um die Wiederherstellung der ursprünglichen Fröhlichkeit bemüht sein. Doch dann frage ich mich, wie stellt man die Distanz zwischen der ursprünglichen Fröhlichkeit und der letzten Panik fest? Vielleicht gibt es gar keine Distanz. Es ist glatt möglich, daß irgendein fröhlicher Zeitgenosse an einem klaren kalten Tag wie heute, an einem ruhigen Nachmittag vor langer Zeit, ohne etwas Besseres zu tun zu haben, den Tod durch den Sprung von einer Klippe erfand.

Du siehst, was ein Monat des Schweigens aus mir macht. Also laß mich schnell von Sarah erzählen. Laß mich vom Überleben erzählen und nicht vom Tod.

Es war dunkel, als Josette in das lilafarbene Zimmer zurückkehrte, in dem Sarah noch immer schlief. Eine dunkle, heiße und schwüle Nacht. Der Himmel hatte sich mit bedrohlichen grauen Sturmwolken überzogen, als hätte sich das Wetter entschlossen, seinen Teil in dem häßlichen Drama jenes Tages zu spielen. Ich bilde mir das alles natürlich nur ein. Der Himmel kann genausogut klar und unbeteiligt gewesen sein.

Die Stadt geriet angesichts dieses ›Zusammentriebs‹ immer stärker in Raserei. Lastwagen voller Menschen rasten zu den Sammelstellen und Verladestationen. Polizisten, Soldaten, Milizionäre waren überall, sie durchsuchten Gebäude, bewachten Bahnstationen und Busbahnhöfe, hielten Autos und Busse bei den Straßensperren an, die an allen Ausfallstraßen der Stadt aufgestellt worden waren. Die Säuberungsaktion, wie man sie nannte, hatte einen Höhepunkt an Raserei und Verzweiflung erreicht. Menschen, die zu entkommen versuchten, indem sie sich in Kellern, Hinterhäusern, Wandschränken oder der Kanalisation der Stadt versteckten, wurden entdeckt und brutal zu den Lastwagen gezerrt. Überall gab es Tränen des Protestes gegenüber den Übergriffen des Augenblicks.

Ein Soldat durchsuchte den Keller eines Hauses und fand eine Frau, die sich in einer Pappschachtel verbarg. Sie weinte leise, während sie ein totes kleines Mädchen in ihren Armen hielt, einen Apfel im Mund des Kindes. Ein Junge, der auf einem Flur vergessen worden war, rannte auf die Straße zwischen zwei Soldaten hindurch, die einen Mann jagten. Die Soldaten feuerten, und eine Kugel traf den Jungen im Hinterkopf. Er stürzte vornüber. Der Mann blieb stehen. Er kniete sich neben den Körper und legte seine Hand auf den explodierten Kopf des Jungen. Das Blut rann ihm durch die Finger. Dann wandte er sich zu den Soldaten, die ein paar Meter entfernt standen und mit ihren Gewehren immer noch zielten, und starrte sie an. Plötzlich war seine Freiheit, sein Leben unbedeutend. Langsam stand der Mann auf und ging auf die Soldaten zu. Als er bei ihnen war, griff er nach einem der Gewehre, steckte sich den Lauf in den Mund und drückte ab. Ohne zu zögern, ohne Generalprobe, hatte dieser Mann sofort nach der großen entkörperlichten Weisheit gegriffen.

Gegen Abend wiesen die Nachbarn, die Angst davor hatten, hineingezogen zu werden, auf die Verstecke hin. Es war, als ob die ganze Stadt nun endlich die Angelegenheit so schnell wie möglich hinter sich bringen und leugnen wollte, was nicht sein sollte, als ob die guten Bürger der Republik sichergehen wollten, daß keine Beweise sie überlebten.

Die Soldaten und Polizisten wurden immer verbissener und brutaler, schubsten die Menschen Treppen hinunter, traten sie, schlugen sie mit ihren Waffen. Aus der eher entschuldigenden Haltung vom Vormittag war eine brutale und gewalttätige geworden. Aber Gewalt und Hinterhältigkeit sind ja stets die Verkleidung derer, die das Gewissen ausschalten wollen.

Nachdem sie Sarah in dem Zimmer eingeschlossen hatte, war Josette von einer Behörde zur nächsten gerannt, um herauszufinden, was mit Sarahs Familie geschehen war. Da sie niemandem den wahren Grund für ihre Anfrage geben wollte, erfand sie eine Geschichte mit einer Katze, die in der Wohnung neben ihr zurückgelassen worden sei. Sie erklärte, daß sie die Nachbarin sei und die Katze in der leeren Wohnung verzweifelt miauen hören könne. Sie lächelte und flirtete mit den Männern, mit denen sie sprach. Die meisten verhielten sich ihren Fragen gegenüber gleichgültig, nicht aber gegenüber ihrem Charme. Josette fand schnell heraus, daß das Ganze ein einziges Chaos war und daß niemand wirklich etwas über diese ganze Angelegenheit wußte. Schließlich gab sie auf. Sie bekam es mit der Angst zu tun, daß man sie auch verhaften könne, obwohl sie ständig ihre Papiere vorzeigte, um zu beweisen, daß sie keine von denjenigen war, die besondere Ausweispapiere bei sich trugen; in Ergänzung zu dem Flicken auf der Kleidung. Sie verlor die

Fassung und bekam furchtbare Angst, als ein Offizier in einem der Hauptquartiere ihre Katzengeschichte nicht glaubwürdig und ihr Interesse für diese Leute sehr verdächtig fand. Er wollte wissen, ob sie mit ihnen verwandt war. Josette betonte, daß sie es nicht sei, und beharrte darauf, daß sie sich nur wegen der Katze Sorgen mache, denn wenn sie da so ohne Nahrung in der Wohnung bliebe, könnte sie sterben, und es gäbe keine Möglichkeit, ohne Schlüssel hineinzugelangen. Der elegante junge Offizier kam hinter seinem Tisch hervor, baute sich vor Josette auf und schaute ihr direkt ins Gesicht. Josette geriet in Panik, und in ihren Augen stauten sich die Tränen, aber sie schaffte es, sich zusammenzureißen und sich irgendwie von seinen Verdächtigungen zu befreien, indem sie lächelte und sich betatschen ließ. Danach rannte sie nach Haus.

Nun stand Josette in ihrem Zimmer und betrachtete die schlafende Sarah. Sie hatte kein Licht eingeschaltet, als sie eintrat, doch der Schein einer Straßenlaterne reichte bis in das Zimmer. Sie stand eine Weile da und betrachtete Sarahs Gesicht und lauschte ihrem sanften Atmen. Es liegt soviel Reinheit auf dem Gesicht eines schlafenden Kindes. Die Puppe war Sarah aus den Armen gerutscht und lag mit dem Gesicht nach unten neben ihr; ihr Spitzenhöschen schaute unter dem roten Kleid hervor. Josette beugte sich vor und drehte die Puppe auf den Rücken. Warum machte sie sich solche Sorgen wegen dieses kleinen Mädchens? War es der Drang nach Verantwortung, den man spürt, wenn man das Gesicht eines anderen Menschen betrachtet, besonders das eines Kindes, der sie so spontan handeln ließ? Aber was sollte sie jetzt mit diesem kleinen Mädchen anstellen? Sie konnte sie nicht bei sich behalten. Wo sollte sie sie hinbringen? Sie kannte niemanden, und keines der anderen Mädchen auf der Straße hatte ihre Hilfe angeboten. Sie waren schnell verschwunden, als Josette Sarah nach oben brachte. Wo sollte sie sie verstecken, wenn sie Männer mit auf ihr Zimmer brachte? In ihrem Wandschrank? Unter dem Bett mit dem Nachttopf? Warum mußte sie sich auch da einmischen? Sie hatte keine besondere Meinung zu den Vorgängen dieses Tages in der Stadt. Das hatte mit ihr nichts zu tun. Natürlich taten ihr all die Menschen leid, die da zusammengetrieben worden waren, aber sie hatte ihre eigenen Probleme, ihr eigenes kleines Leid, um das sie sich kümmern mußte. Die Umstände hatten sie gezwungen, das zu werden, was sie war, und sie schlief auch mit feindlichen Soldaten. Sie schämte sich deswegen, und dennoch war das gerade jetzt die einzige Möglichkeit zu überleben. Sie hatte nichts, nichts anderes, was sie verkaufen konnte.

Ihr Vater war im Krieg kurz vor der endgültigen Niederlage gefallen. Josette war damals fünfzehn. Ihre Mutter wurde krank, und man wies sie schließlich in eine Heilanstalt ein. Der Arzt erklärte Josette, daß der Verstand ihrer Mutter langsam gewichen war. Einmal im Monat besuchte Josette ihre Mutter. Sie saß neben ihr, neben dieser Frau, die laut mit sich selbst sprach, sabberte und nicht mal ihre eigene Tochter erkannte. Aber Josette hatte niemand anderen. Keine Familie.

Nachdem ihre Mutter eingewiesen worden war, zog sie bei Nachbarn ein. Pauline, eine Freundin ihrer Mutter, hatte Mitleid mit ihr und nahm sie zu sich. Sie war freundlich und versuchte Josette über den Schmerz zu helfen, aber Pauline hatte ihre eigenen Sorgen mit ihren drei kleinen Kindern und besonders mit ihrem Mann, einem wütenden brutalen Fabrikarbeiter, der oft besoffen nach Haus kam. In der kleinen, überfüllten Wohnung, besonders jetzt mit noch einer Person, belästigte und betatschte er das junge Mädchen sogar direkt vor Pauline. Die Situation wurde für Josette unerträglich. Die Kinder schrien und weinten die ganze Zeit. Pauline verlor die Nerven und schlug sie. Die widerlichen Hände des Ehemanns, die ständig nach ihr grabschten. Er hatte Tätowierungen auf beiden Händen. Einen Anker auf der linken Hand und ein von einem Pfeil durchbohrtes Herz auf der rechten. Josette hatte Angst vor der Inbesitznahme ihres Körpers ...

Na also, wie finde ich denn das! Plötzlich stecke ich mitten in einem guten altmodischen Melodrama. Das hört sich bald wie Nana an. Reiner solider Naturalismus. Ich hatte wirklich nicht die Absicht, mich so auf Josettes gemeine Existenz einzulassen, aber kaum taucht in deinem Buch eine Prostituierte auf, stürzen unausweichlich alle möglichen traurigen bekannten Geschichten auf einen ein. Schau, die meisten Menschen leben an einem durchschnittlichen, nicht näher beschriebenen Ort, frei von den Greueln der Geschichte. Andere, wie Sarah und ihr Cousin, und auch

Josette, müssen mit der Geschichte leben. Das ist der Grund, warum die Details der Erzählung nicht so wichtig sind, nicht aber ihr Abgleiten in die Geschichte. Und dennoch ist es stets die Geschichte, die Geschichte mit ihren Details, die erzählt zu werden verlangt. Aber ist es nicht wahr, daß eine Geschichte zu erzählen, sie zu diskreditieren heißt? Ich meine, sie ohne jeden Bruch mit der heilen Welt der konventionellen Erzählweisen zu erzählen. Auch Josettes Geschichte verdient, erzählt zu werden. Sie spielte für Sarahs Überleben eine wichtige Rolle, und als Ergebnis davon wurde sie in die Geschichte geschleudert. Das ist allerdings ein Problem, denn wenn dieses Buch um Integrität bemüht sein will, dann durch die Verweigerung von Anekdoten. Das ist der zentrale Punkt. Aber was mir Sorgen bereitet: Wenn ich mich weiterhin vor den Details verschließe, könnte das ganze Unterfangen in völlige Verwaschenheit und Rätselhaftigkeit zerfallen, und das könnte im Widerspruch stehen zu der Notwendigkeit dessen, was erzählt werden muß.

Aber wozu sich jetzt darüber Sorgen machen. Das hier ist nicht der letzte Ruheort dieses Buchs. Was bis jetzt erzählt worden ist, ist nur vorläufig. Ich probiere nur verschiedene Dinge aus. Später kann ich diesen ganzen naturalistischen Kram ja wieder streichen. Aber es gibt keinen Grund, hier mit Josettes Leben fortzufahren. Den Rest kannst Du Dir selbst vorstellen. Du weißt schon, die übliche sentimentale Geschichte, wie aus einem jungen Mädchen eine Prostituierte wird, mit immer der gleichen Hoffnung auf Erlösung am

Schluß. Kein Grund, damit fortzufahren. Laß uns lieber zurückkehren zu dem, was Sarah und ihrem Cousin an jenem grauen Tag zustieß.

Als Josette Sarah im Schlaf betrachtete, ging ihr nicht auf, daß sie dieses Mädchen vielleicht schon einmal gesehen hatte. Ja, vielleicht hatte sie sie bemerkt, als Sarahs Brüder mit ihrer kleinen Schwester auf dem Weg zu Tante Basha an der Stelle vorbeikamen, wo sie normalerweise stand. Sie hätte damals nicht ahnen können, daß ihre Schicksale sich einmal kreuzen würden. Und als Josette Sarah fragte, warum sie denn weine, ging ihr nicht auf, daß sie durch diese Frage ihrem eigenen Leben einen Sinn gab. Nun mußte sich Josette mit den Konsequenzen ihrer Neugier auseinandersetzen.

Sarah rührte sich auf dem Bett, faltete die Beine auseinander und seufzte. Josette ging ans Fenster, schloß die Vorhänge und schaltete dann das Licht ein. Sarah blinzelte und rieb sich mit ihren Handrücken den Schlaf aus den Augen. Josette saß auf der Bettkante und fuhr sanft mit den Fingern durch das Haar des Kindes. Sie sagte nichts, und Sarah fragte nicht, ob sie ihre Eltern gefunden hatte. Sie ließ einfach Josettes Hand mit ihrem Haar spielen. Der Schlaf hatte sie zu der anderen Seite ihres Abenteuers gebracht. Die Ereignisse des Tages saßen schon tief in ihrem Verstand. Die beiden schwiegen lange, waren sich des Davor und des Danach des Augenblicks nicht bewußt. Sarah hatte keine Vorstellung davon, daß sie unausweichlich darauf zuging, alleingelassen zu werden, und Josette versuchte die unausweichliche Entscheidung vor sich herzuschieben, was mit diesem Kind geschehen sollte. Sie lernten, miteinander zu sein, wenigstens für den Augenblick, ohne jede Vorstellung davon, was vor ihnen lag. Es lag keine Logik in ihrem Beisammensein, ebensowenig wie es eine Logik in den darauf folgenden Ereignissen gab. Die Gegenwart ist stets makellos. Nur Vergangenheit und Zukunft liegen im Ungewissen. Außerhalb des Zimmers, in dem Josette und Sarah jenseits der Zeit warteten, rollten die Lastwagen und Züge immer noch in die Nacht.

In der Zwischenzeit saß Sarahs Cousin, zwölf Jahre alt, zur selben Stunde, in einem anderen Stadtteil, halbnackt auf einem Stapel alter Zeitungen in einem Wandschrank. Er hockte dort seit dem frühen Morgen. Als die Soldaten die Treppe heraufkamen, um seine Eltern und Schwestern und auch ihn abzuholen, weckte ihn seine Mutter. Es war fünf Uhr früh. Die Soldaten riefen schon ihre Namen, als sie heraufgestürmt kamen, und seine Mutter schob ihn in den kleinen Wandschrank auf dem Treppenabsatz. Sie sagte nichts, sie legte nur einen Finger vor ihren Mund, um ihm zu bedeuten, still zu sein, und schloß die Tür. Seine Augen waren noch voller Schlaf, und er hatte nur die Shorts an, in denen er geschlafen hatte. Hinter der Tür hörte er die Soldaten seinen Namen rufen, und er hörte, wie sein Vater etwas sagte, aber es war zu leise, um es zu verstehen, und dann hörte er die Schritte seiner Mutter, seines Vaters und seiner Schwestern, und auch die der Soldaten, die die Treppe hinuntergingen, und er hörte das Öffnen und Schließen von Türen und Stimmen im Treppenhaus. Dann war alles still. Er saß in dem Schrank, Dunkelheit vor seinen Augen, Staub im Mund, Angst davor, herauszukommen, weil die Leute eine Treppe tiefer ihn vielleicht sehen und verraten könnten, aber auch aus Scham, weil er nur Unterwäsche trug.

Er blieb den ganzen Tag in dem Schrank im obersten Stock des Hauses. Es war dunkel und heiß darin. Er traute sich nicht, die Tür zu öffnen. Er hörte ständig Leute die Treppe zu seiner Wohnung hinaufsteigen, direkt vor seinem Wandschrank. Dann hörte er, wie jemand die Tür aufbrach, und dann hörte er den Krach, den sie in der Wohnung machten, als sie Sachen umhertrugen. Vor Furcht und Unverständnis zitternd, begriff der Junge nicht, daß die Mitbewohner bereits sein Zuhause plünderten. Doch irgendwie übersahen sie in ihrer Hast den Schrank, in dem er sich versteckte.

Stunden später, als es wieder ruhig in dem Gebäude war, tastete sich der Junge an den Wänden des Schranks entlang. Hinter den Zeitungen fand er ein altes Paar Schuhe und eine Schachtel voller Zuckerwürfel. Hoch oben an der Wand fühlte er einen Mantel an einem Nagel, und auf einem Bord über dem Mantel einen Hut. Er erkannte den Wintermantel und den Hut seines Vaters. Er fühlte sich schuldig, als er in den Taschen des Mantels seines Vaters wühlte. Er fand einen Schlüssel, eine Sicherheitsnadel, einen Bleistiftstummel, eine Münze und einige Krümel Tabak. Er nahm den Mantel herunter, faltete ihn zusammen und legte ihn neben sich auf den Zeitungsstapel. Dann probierte er die Schuhe. Sie waren zu groß. Er aß etwas Zucker, ließ die Würfel im Mund schmelzen. Obwohl er sich im Dunkeln ein wenig fürchtete, war es hier in dem Schrank so etwas wie ein Spiel, nur wußte er nicht, wann er aufhören sollte zu spielen. Oder vielleicht war es eine Strafe. Seine Mutter hatte ihn hier eingesperrt, weil er etwas falsch gemacht hatte, und er mußte dort bleiben, bis sie zurückkam und sagte, daß er rauskommen könne.

Später am Abend mußte er dringend scheißen, aber er wußte nicht, was er machen sollte. Er versuchte es solange wie möglich zurückzuhalten, doch schließlich, vor Schmerz gekrümmt, faltete er eine Zeitung auseinander, kauerte sich darüber und hielt seinen Penis von den Beinen weg, um sich nicht selbst naßzumachen. Er nahm ein Stück Zeitung, um sich abzuwischen. Als er das Papier zu einem sauberen Päckchen zusammenfaltete, spürte er die Feuchtigkeit und die Wärme in seiner Hand. Er legte das Päckchen auf den Boden neben der Tür und roch an den Händen. Später, als er sich schließlich traute, die Tür zu öffnen, war es Nacht draußen. Mondlicht fiel durch das Oberlicht im Treppenhaus direkt über dem Wandschrank. Sein Gesicht in den schmalen Spalt der offenen Tür gedrückt, lauschte er eine Weile. Er hörte unten Stimmen hinter Türen. Sie waren leise, er konnte nicht verstehen, was sie sagten. Er hielt das Päckchen in der einen Hand weg von seinem Gesicht und schlich auf Zehenspitzen zum Oberlicht. Er drückte das Glas ein wenig auf, quetschte das Päckchen durch den Spalt und legte es aufs Dach. Er schlich zurück zu seinem Schrank und wartete, auf den Zeitungen sitzend. Ab und an ging er zur Tür, öffnete sie ein klein wenig und lauschte. Die Leute unten redeten noch immer. Er wartete noch eine Weile. Er nahm ein paar Zukkerwürfel aus der Schachtel und lutschte sie. Bevor er die Schachtel wieder verschloß, steckte er eine Handvoll davon in die Manteltasche seines Vaters, für später.

Später in der Nacht zog er schließlich Mantel und Hut seines Vaters an. Der Mantel reichte ihm bis zu den Knöcheln, der Hut fiel ihm über die Augen. Er glitt mit nackten Füßen in die Schuhe. Die Absätze klapperten, als er zur Tür ging. Er zog die Schuhe aus und hielt sie in der Hand. Eine kleine Parodie seines Vaters, trat er auf den Treppenabsatz hinaus. Es wurde immer dunkler, als er die Treppe hinabstieg. Einige der Stufen knarrten. Er versuchte, zwei auf einmal zu nehmen, aber er trat auf den Mantel, stolperte und fiel hin. Er ließ die Schuhe los, und sie rollten mit einem fürchterlichen Krach die Stufen hinunter. Er stand auf und hielt den Mantel hoch, wie eine Frau es mit ihrem Rock machen würde, und rannte den Rest nach unten. Gerade als er im Erdgeschoß ankam, hörte er, wie sich oben eine Tür öffnete und ein Mann rief, wer ist da? Er blieb für einen Moment stocksteif stehen und traute sich nicht, sich umzudrehen, aus Angst, zu versteinern. Schließlich rannte er barfuß auf die Straße.

Im Laufe der Jahre betrat Sarahs Cousin oft diesen Wandschrank und versuchte dort, in der Dunkelheit des Lochs, die Bedeutung der Geste seiner Mutter zu entziffern. Und nun, an dem Tag, an dem er wieder mit Sarah zusammenkommen wird, gestrandet in der Stadt, in der dies alles vor langer Zeit geschah, wird er wieder diesen Moment durchleben und den Schrank betreten. Dort wird er den auf dem Zeitungsstapel sitzenden Jungen beobachten, mit ans Kinn gezogenen Knien, und wird wieder die Furcht vor der Dunkelheit und der Preisgabe spüren. Auf dem Treppenabsatz stehend, wird er den Kopf des Jungen in dem schmalen Türspalt auftauchen sehen, und er wird ihn bei seinem Gang mit dem Päckchen Exkremente die Treppen zum Oberlicht hinauf begleiten, und er wird an seinen Händen wieder die unerträgliche Wärme und Feuchtigkeit dieses schmutzigen Päckchens spüren, und nachdem der Junge es auf dem Dach abgelegt hat, damit es im Wind zerfällt, wird er ihm die Stufen hinab folgen und ihn in der Nacht verschwinden sehen, clownesk in Hut und Mantel seines Vaters.

Mit halbgeschlossenen Augen, als wollte er dösen, dort auf dem Flughafen, wird sich der Cousin fragen, wie er den Tag nennen soll, an dem er in dem Wandschrank zurückgelassen wurde. Wie soll man diesen schrecklichen Augenblick nennen? Oder war es ein glücklicher Umstand? Soll er es als Geburt bezeichnen? Eine Erlösung? Oder soll er ihn als den Beginn einer langen Abwesenheit von sich selbst bezeichnen? Plötzlich wird er sich am Tage der Wiedervereinigung als mythisches Wesen begreifen. Ein Orpheus. Aber nicht der Orpheus, der im Tunnel des Todes Liebeslieder sang. Ein Orpheus, der sich seinen Weg aus dem Steinblock, in dem er lebendig begraben lag, herausgemeißelt hat. Ja, diesmal wird er, wenn er dem Jungen die Treppe hinab folgt, begreifen, daß etwas Unaussprechliches geschehen wird, wenn er stehenbleibt und sich umdreht und zurückschaut. Sein eigener Tod wird als falsche Wiederauferstehung entlarvt werden.

An dem Tag, da er und Sarah sich wieder umarmen werden, wird er erkennen, daß er sich sein ganzes Leben vor dem Licht gefürchtet hat, das durch menschliche Haut scheint, aber er wird auch erkennen, daß der Tod nichts ist, was man lösen kann. Der Tod ist etwas, in das man eintritt wie in einen Schrank. Vielleicht hätte der Fötus, der er in jenem Schrank war, dort bleiben sollen, ein ewiger Herzschlag im Dunkeln, um so der Sterblichkeit zu entgehen. Oder er hätte, wie das Päckchen Exkremente auf dem Dach, im Wind zerfallen sollen. Und dennoch mußte der Fötus aus diesem Schrank-Grab heraus, sonst hätte er niemals die Stärke kennengelernt, die aus der Verzweiflung erwächst, und nicht den Einfallsreichtum, der der Not entspringt. Das muß er Sarah erklären, wenn sie ihn mit der gleichen Dringlichkeit wie damals als Kind fragt, wie er es durch all diese Jahre geschafft hat.

Er muß ihr so viel erzählen. Dieses Mal muß der Graben, die Distanz zwischen ihnen überbrückt werden. Dieses Mal müssen sie sich endlich alles erzählen. Und während er auf seinen Abflug wartet, beginnt er zu proben, was er Sarah antworten will, wenn sie fragt: Und als der Junge auf die Straße rannte, was geschah dann? So wie er sie fragen wird: Und du, nachdem Josette zurückkam, was geschah dann? Du zuerst, wird Sarah sagen. Und er wird beginnen. Aber darauf, auf den Rest ihrer Geschichte, müssen wir noch warten. Ich habe mir noch nicht ausgedacht, wie sie aussehen soll. Ich habe die Wörter noch nicht gefunden, die richtigen Wörter, um jenen Teil der Geschichte zum Ausdruck zu bringen. Vielleicht nächstes Mal. Ich bin jetzt müde. Das macht mich alles so müde.

Sonntag, 12. Februar

Immer noch auf dem Flughafen, liest der Cousin einen Brief, einen alten Brief, den Sarah vor fünfzehn Jahren geschrieben hat. Er hat diesen Brief vor dem Abflug eingesteckt, als wolle er sich selbst beweisen, daß er die ganze Zeit an sie gedacht hat.

In den ersten Jahren schrieben sich die beiden regelmäßig, aber mit der Zeit wurden die Briefe distanzierter, weniger ausführlich, und hörten schließlich ganz auf. Es schien, als hätten sie sich nichts mehr zu sagen oder als ob das, was sie zu sagen hatten, uninteressant geworden war. Unwichtig. Zwanzig Jahre vergingen, bevor er Sarah wieder schrieb.

Er war zurück in dem Land, in dem er und Sarah geboren wurden. Einige seiner Arbeiten wurden dort ausgestellt. Er empfand es wirklich als Ironie, daß die Ausstellung in dem Museum stattfand, das auf dem Platz errichtet worden war, auf dem vorher Tante Bashas Haus gestanden hatte. Sarah lächelte, als sie das in seinem Brief las. Er erzählte ihr, wie er zu ihrem Haus gegangen war und wie er dort lange Zeit vor dem Haus gestanden hatte und sich an den Tag nach Kriegsende erinnerte, als er sie dort allein auf der Straße stehen sah.

Bei diesem Besuch schaute er sich all die Orte an, die er aus seiner Kindheit kannte. Er betrachtete sie ohne jede Emotion. Er fühlte sich von all dem abgeschnitten. Selbst als er in den Wandschrank stieg, in dem ihn seine Mutter versteckt hatte, fühlte er nichts. Eine Familie lebte jetzt in der kleinen Wohnung, und der Schrank war voller Sachen von ihnen. Doch dort, wo alles anfing, hatte er den plötzlichen Wunsch, den Kontakt zu Sarah wiederherzustellen. Er setzte sich in ein Café und schrieb ihr. Er versuchte, diesem Brief einen leichten und unparteiischen Ton zu geben, als ob all das, was geschehen war, ihm nicht viel bedeutete. Aber er schrieb auch, daß er die ganze Zeit an sie gedacht hatte, auch wenn er in all den Jahren nie geschrieben hatte.

Sarahs Antwort berührte ihn tief.

Was für eine Überraschung, nach all den Jahren wieder von Dir zu hören. Ich denke auch oft an Dich und erinnere mich daran, wie wir waren und was uns zustieß. Ich muß zugeben, daß mich Dein Brief sehr berührt hat. Es wäre mir eine solche Freude gewesen, wenn ich hätte dabei sein können, als Du zu all den Orten zurückgekehrt bist, die wir kannten. Es ist eine schöne Stadt, trotz allem. Ich kann mir vorstellen, daß Du all dies mit Verstand und Gefühl durchlebst.

Danke für den Artikel über Dich, ich hatte keine Ahnung, daß Du ein so wichtiger Künstler geworden bist. Ich freue mich für Dich, bin auch stolz auf Dich. Ich danke Dir auch für die Photos. Du hast Dich fast gar nicht verändert. Mit Deinen grauen Schläfen siehst

Du so distinguiert aus. Ich glaube, ich würde Dich überall erkennen. Ich mag auch das Bild von Deiner Tochter. Sie ist wunderschön. Sie hat die Augen Deiner Mutter. Aber kein Bild von Deiner Frau. Das nächste Mal denk dran und schick mir eins. Du erzählst nicht viel über Deine Arbeit. Was für Skulpturen machst Du? Ich möchte sie so gern sehen.

Was kann ich schon von mir erzählen? Es hat sich nichts geändert. Elie und ich arbeiten hart die ganze Zeit. Ich könnte genau wie Du sagen, daß wir mit unserem Leben recht zufrieden sind, aber manchmal denke ich, wir haben unsere besten Jahre mit Arbeit vergeudet. Natürlich könnten wir sagen, wir haben ein Land aufgebaut. Ach, was für eine große, bedeutende Phrase! Wir sind hier eine Minderheit, sind umgeben von Feindseligkeit, und jeder Gewaltakt berührt uns tief.

Du bittest mich, Dir alles zu erzählen, was wir so machen, aber es ist schwer zu wissen, was Dich interessiert. Meine Kinder sind mir sehr wichtig. Wir stehen uns sehr nah. Wenn Du doch Yossi und Tamar einmal sehen könntest. Sie wachsen, und Elie und ich machen uns Sorgen um ihre Erziehung. Und ich? Was kann ich sagen? Daß ich langsam Falten im Gesicht habe vom Alter. Vielleicht werde ich endlich reifer. Um nicht das Gefühl zu haben, abgeschnitten zu sein, versuche ich mich über das Weltgeschehen auf dem laufenden zu halten, aber es ist nicht leicht. Nach der Arbeit bleibt nicht viel Zeit. Ich lese. Ich höre Musik. Meistens klassische Musik.

Elie, den Du hoffentlich eines Tages kennenlernen wirst, ist so gut zu mir. Ihn zu heiraten war sicher das Erfolgreichste, was ich je in meinem Leben gemacht habe. Erzähl mir von Deiner Frau. Wie ihr euch getroffen habt und was sie macht. Ich würde euch gern mal sehen, Deine Frau kennenlernen, Deine Tochter anschauen. Euch alle umarmen. Schreibe bald, und schreib alles genau auf.

Im Laufe der Jahre hat er diesen Brief wieder und wieder gelesen, aber er hat nicht wieder geschrieben, fünfzehn Jahre lang. Erst als er die Einladung des Museums erhalten hatte. Auch Sarah schrieb nicht. Vielleicht hatten sie Angst vor der Banalität des in Briefen Gesagten. Sie dachten beide oft daran zu schreiben, aber sie taten es nicht. Und dennoch fiel ihm vor seinem Abflug der Brief ein. Er suchte danach. Las ihn erneut. Steckte ihn ein, um ihn im Flugzeug nochmal zu lesen.

Der Cousin faltet den Brief zusammen und steckt ihn ein. Er versucht, sich die Szene am Flughafen vorzustellen, wenn er ankommt und sieht, wie Sarah ihm mit Tränen in den Augen winkt. Gefühlsausbrüche sind ihm immer peinlich. Um diesem Augenblick zu entgehen, zieht er sich in die Vergangenheit zurück und findet sich mit Sarah in dem Keller wieder, in dem sie beide nach dem Krieg lebten. Er hört von fern ihre Stimme, als sie ihm zu erzählen versucht, was geschehen war.

Und du hast auch auf einem Bauernhof gelebt, erinnert er sich gesagt zu haben ...

Das war eigentlich kein Bauernhof, erklärte Sarah, einfach nur ein Haus auf dem Land. Die alte Frau, die mich aufnahm, hatte Hühner und Enten und ein paar Kaninchen. Und ein Schwein. Ein riesiges Schwein. Zuerst hatte ich Angst vor dem Schwein. Ich mußte es füttern. Ich war noch nie so nah bei einem Schwein, aber nach einer Weile mochte ich es. Ich nannte es Marius. Eines Tages kamen zwei Männer von einem benachbarten Hof, sie brachten das Schwein in eine Scheune und schlachteten es. Ich habe es nicht gesehen, aber ich habe das Gequieke gehört. Es war fürchterlich. Aber danach hatten wir wochenlang Fleisch. Josette kam manchmal sonntags zu Besuch. Ich glaube nicht, daß die alte Frau ihre Großmutter war, aber sie nannte sie immer so. Sonntags gingen wir drei zur Kirche. Die alte Frau brachte mir das Beten bei. Nach einer Weile kam Josette nicht mehr. Ich fragte die Frau, wo sie war, aber sie wußte es nicht. Eines Morgens wachte ich spät auf, weil die alte Frau mich nicht geweckt hatte, wie sie es sonst immer tat. Ich beeilte mich mit dem Anziehen. Ich dachte, sie würde wütend sein, weil ich die Tiere noch nicht gefüttert hatte. Als ich in die Küche kam, war sie nicht da, und es brannte noch kein Feuer. An dem Tag war es kalt.

Ich suchte draußen nach der alten Frau. Die Hühner und Enten waren immer noch in ihrem Stall und machten einen Riesenlärm. Sie war nicht da. Ich ging wieder ins Haus und klopfte an ihre Schlafzimmertür. Sie gab keine Antwort. Also öffnete ich die Tür und fand die alte Frau noch immer schlafend im Bett. Ich ging zu ihr und berührte sie, um sie zu wecken, aber sie wachte nicht auf. Ihr Körper war kalt. Sie war tot.

Sie war sehr nett zu mir gewesen. Nur daß sie mich all die Arbeiten rund ums Haus machen ließ. Manchmal, wenn sie mich küßte, spürte ich die Haare in ihrem Gesicht. Sie hatte einen kleinen Schnurrbart wie ein Mann, der kratzte, wenn sie mich küßte. Und manchmal, wenn es kalt war, mußte ich bei ihr im Bett schlafen, und dann legte sie ihre Arme um mich und hielt mich fest. Als ich sie da tot fand, wußte ich nicht, was ich tun sollte. Bis zu den nächsten Nachbarn war es weit. Ich stand lange neben dem Bett und beobachtete sie. Ihr Gesicht war ganz weiß, ihre Augen waren halb geöffnet, und ich konnte sehen, daß sie keine Zähne im Mund hatte, aber das war nicht schlimm. Dann fiel mir ein, daß die Tiere noch nicht gefüttert waren, also ging ich auf den Hof und gab den Hühnern und Enten etwas Getreide und den Kaninchen Karotten. Das Schwein war nicht mehr da. Das war schon geschlachtet worden. Dann sah ich den Postboten auf seinem Fahrrad heranradeln, und ich lief zu ihm und erzählte ihm von Großmutter. Er sagte, daß ich nichts anrühren und nicht ins Schlafzimmer gehen solle und er gleich zurückkäme. Er stieg auf sein Rad und radelte schnell davon. Bald kam er mit anderen Leuten zurück. Ich erkannte einige von ihnen aus der Kirche. Dann kam der Priester, und sie setzten sich alle um den Küchentisch und sprachen ganz leise. Ich saß allein in einer Ecke. Ich glaube, sie sprachen über mich. Als sie schließlich aufstanden, sagte der Priester, daß ich nun in seinem Hause wohnen würde. Er sagte mir, ich solle meine Sachen holen. Ich packte ein kleines Bündel mit meinen Sachen zusammen und fuhr auf dem Gepäckträger seines Fahrrades mit zu seinem Haus. Ich weiß nicht, was sie mit der alten Frau machten.

·

Zuerst gefiel es mir im Hause des Priesters besser, weil ich nicht so viel zu arbeiten hatte. Eine Frau kam tagsüber und kochte für den Priester und hielt das Haus sauber. Sie war nett zu mir. Es war ein sehr kleines Haus. Nur ein Zimmer, das durch ein anderes kleines Zimmer mit der Kirche verbunden war. Der Priester, alle nannten ihn Vater, wohnte in dem großen Zimmer, dort hatte er sein Bett und einen riesigen Tisch, an dem er schrieb. Ich schlief in dem kleinen Zimmer unter der Treppe, die zum Dachboden führte. Nachts konnte ich über mir die Ratten umherhuschen hören. Ich fürchtete mich und fror die ganze Zeit. Die Leute, die in die Kirche kamen, sagten, daß das einer der schlimmsten Winter sei, den sie je erlebt hätten. Eines Nachts schneite es heftig, und der Priester meinte, daß ich mit ihm in seinem Bett schlafen könne, wenn es mir zu kalt sei. Also kroch ich unter die dicken Decken seines Bettes. Ich zitterte ...

Sarah hörte immer an dieser Stelle auf und ließ ihren Cousin, der nie den Rest erfuhr, in der Mitte ihrer Geschichte zurück. Er wartete darauf, daß sie weitererzählte, aber sie schwieg, oder sie sagte, ich habe oft an meine Mutter und meinen Vater und meine Brüder gedacht, als ich bei dem Priester lebte. Ich habe oft für sie gebetet, so wie es mir Josette und die Großmutter beigebracht haben ... Ich blieb dort bei dem Priester bis zum Kriegsende ... Ich war sehr unglücklich ... Und dann kam ich in die Stadt zurück und hab dich gefunden ...

Der Cousin steht auf und geht in der Wartehalle umher.

Plötzlich ist er ungeduldig – kann es kaum erwarten, daß sein Flug abgeht, damit er Sarah wiedersehen kann.

Samstag, 18. Februar

Erinnerst Du Dich noch, daß ich vor einer Weile angedeutet habe, daß diese Geschichte mit einer Verzögerung beginnen soll? Mir wird gerade klar, daß alles, was ich bisher gesagt habe, diese Verzögerung ist. Und gerade dieses Hinauszögern läßt mich glauben, daß ich schon tief in der Geschichte stecke, so fragmentarisch und richtungslos sie auch zu sein scheint. Was hinausgezögert wurde, war nicht die Handlung oder der Anfang, sondern das unvorhersehbare Ende. Der Anfang steht nun. Er geschah unabsichtlich.

Jetzt bin ich seit letztem November schon so weit gekommen, aber das Problem, vor dem ich jetzt stehe, ist nicht die Suche nach einem Anfang für diese Geschichte, sondern nach einem zwingendem Schluß. Das Problem liegt nicht länger darin, die Geschichte von Cousin und Cousine zu erzählen, sondern herauszufinden, ob sie zu Zärtlichkeit und Verständnis fähig sind, wenn sie sich wiedersehen und umarmen!

Dazu wird es aber nicht kommen, wenn ich nach einer einfachen Lösung greife, sondern wenn ich zum Ursprung zurückkehre. Zurück zu den Soldaten und dem ›Zusammentrieb‹ an jenem Julitag. Zurück zu dem Laib Brot, der bei der Nachbarin zurückblieb. Zurück zu den Lastwagen auf dem Platz, dem kleinen Mädchen mit dem Yo-Yo und zu Tante Basha, die in ihr feiges Überleben rennt. Zurück zu Sarah, die durch die

Stadt wandert und zu Josette, die Sarahs Tränen fortwischte und so in die Geschichte verwickelt wurde. Und zurück zu dem Wandschrank, in dem der Cousin seine Angst ausschiß, und zu dem Dach, auf dem er sein Päckchen Exkremente zurückließ.

All diese Monate stand ich einem undenkbaren Ende gegenüber, während ich über meine Schulter einen unmöglichen Anfang betrachtete. Nun muß ich mich dem Anfang zuwenden, und wenn ich mir dann über die Schulter blicke, sehe ich vielleicht das Ende. Denn letztlich wird sich die Geschichte von Sarah und ihrem Cousin nicht mit ihrer letzten Umarmung lösen, sondern über die Schwierigkeiten, die zu dieser Umarmung führten.

Ich weiß, daß man sich niemals wieder dem Lärm zuwenden soll, von dem man kommt. Lots Frau wurde zur Salzsäule, weil sie sich diesem Lärm zuwandte. Sarah und ihr Cousin wenden sich, in der großen Kluft, die sie trennt, oft dem ursprünglichen Chaos ihres Lebens zu. Das ist ihre große Schwäche. Und dennoch erwächst ihnen aus dieser ständigen Bewegung hin zum Chaos die Kraft zu, weiterzumachen. Ich bin geneigt zu glauben, daß der Cousin Bildhauer, Erschaffer von Statuen wurde, um nicht selbst zur Statue zu werden, und daß Sarah die Familienähnlichkeiten zwischen ihrem Sohn und ihren toten Brüdern, zwischen ihrem Sohn und ihrem Cousin ausradierte, und weiter ausradiert, um nicht in das Loch ihrer Abwesenheit zu stürzen. Für Sarah und ihren Cousin lag der Ort der Abwesenheit im ursprünglichen Chaos ihres Lebens. Das Schnitzen, Formen, Wegkratzen, das Ausradieren sind Versuche, zurückzuholen, was abgetrennt wurde. Doch das sind sinnlose und widersprüchliche Gesten, denn Sarah und ihr Cousin sind dazu verdammt, mit dem Blick zurück zu leben und in den tiefen Abgrund der Abwesenheit zu starren.

Ich habe nicht viele Möglichkeiten, ihnen die Geschichte abzuringen und sie zu Ende zu führen, und dennoch liegt an diesem Morgen in gewissen Fragen, die mir einfielen, ein wenig Hoffnung. Zum Beispiel, was geschah mit dem Mantel des Vaters, den der Junge trug, als er aus dem Schrank trat? Und was geschah mit den Gegenständen, die der Junge in den Manteltaschen fand? Vielleicht wertet dieses Interesse für die alltäglichen Kleinigkeiten im Abenteuer des Cousins ihre Geschichte auf. Ja, was geschah mit dem Brot, das Sarah bei der Nachbarin zurückließ? Was geschah mit dem Yo-Yo, das das kleine Mädchen Sarah auf dem Platz zeigte, bevor man sie fortschaffte? Und was geschah mit dem Päckchen, das der Junge auf dem Dach zurückließ? Für mich liegt das Drama dieser Geschichte in der Einfachheit dieser Fragen.

Der Mantel ging verloren. Irgendwo liegengelassen. Oder er wurde so abgetragen, daß er sich schließlich im Wind auflöste, wie das Päckchen des Jungen mit den Exkrementen auf dem Dach. Es sei denn, daß Vögel an dem Päckchen pickten und Motten und

Ratten die Reste des Mantels aufgefressen haben. Aber die Sachen, die der Junge in den Manteltaschen gefunden hat, die Münze, der Schlüssel, und sogar der Bleistiftstummel, die hat er behalten. Die Sicherheitsnadel nicht. Die hat er verloren, oder vielleicht eines Tages gebraucht. Eine Sicherheitsnadel ist immer nützlich, besonders bei kleinen Problemen. Vielleicht hat er die Sicherheitsnadel gebraucht, um ein Loch im Hosenboden zu flicken. Aber die Münze, der Schlüssel und den Bleistiftstummel, die hat er all die Jahre aufgehoben. Er bewahrte sie in einer Schuhschachtel auf, zusammen mit Sarahs Briefen und Photos. Als er sich auf die Reise vorbereitete, las er Sarahs Briefe noch einmal und schaute sich die Photos an, und dort, ganz unten in der Schachtel, fand er die Münze, den Schlüssel und den Bleistiftstummel. Er hielt sie einen Moment lang in der Hand, und dann kritzelte er mit dem Bleistift herum und fragte sich, ob sein Vater wohl einige seiner Bilder damit entworfen hatte. All die Jahre hatte er diese kleinen Sachen gehütet, die sein Vater zurückgelassen hatte. Oft hatte er sich gewünscht, er könnte ein paar seiner Bilder finden. Aber es war keins übriggeblieben. Als er die Schuhschachtel schloß, dachte er daran, daß er von seiner Mutter und seinen Schwestern nichts hatte. Kein Zeichen ihrer Reise durch diese Welt. Nicht mal einen Schnappschuß. Nach all den Jahren waren ihre Gesichter nur noch verschwommene Eindrücke. Er konnte sich an keinen einzigen Satz erinnern, den sie je gewechselt hatten. Er fragte sich, ob Sarah wohl noch irgendwelche Erinnerungsstücke an ihre Eltern und Brüder besaß. Als er die Münze, den Schlüssel und den Bleistiftstummel in die Tasche steckte, um sie Sarah zu zeigen, dachte er daran, daß sie wohl beim Anblick dieser kümmerlichen Überreste lächeln würde.

In der Schuhschachtel fand er auch den gelben Flicken, der an den Mantel seines Vaters genäht gewesen war und den er abgerissen hatte, als er den Schrank verlassen und im Mondlicht gesehen hatte, daß er dort auf der Mantelbrust prangte. Doch anders als Sarah, die ihren Flicken wegwarf, behielt er den seinen. Er behielt ihn, nicht um sich an die Scham und Erniedrigung zu erinnern, die er gebracht hatte, sondern weil er seinem Vater gehört hatte.

Und der Laib Brot? Die Frau und ihr Mann aßen ihn an jenem Abend zum Essen. Es war noch frisch. Und das Yo-Yo? Es ging in dem großen Durcheinander verloren.

Schließlich dachte die Nachbarin nicht mehr an Sarah und ihre Familie. Ihr Leben ging weiter. Es war hart im Krieg, besonders gegen Ende, als es kaum noch Nahrungsmittel gab und jede Nacht Flugzeuge Bomben über der Stadt abwarfen. Doch eines Tages war der Krieg vorbei, und das Leben normalisierte sich. Außer daß viele von denen, die verschleppt worden waren, nicht zurückkehrten. Manchmal sprachen die Frau und ihr Mann über den Krieg, wenn sie bei Tisch saßen, und erinnerten sich daran, wie schwer es gewesen war, und fragten sich sogar, was nur all den Menschen zugestoßen war, die verschwunden waren. Sie erzählte ihrem Mann nie, daß sie einen Moment lang das Schicksal des kleinen Mädchens, das neben ihnen gewohnt hatte, in ihren Händen gehalten hatte.

Eines Tages, kurz nachdem ihr Cousin fortgegangen war und sie bei Marco und Olga zurückgelassen hatte, ging Sarah mit dem Kinderwagen in ihre alte Nachbarschaft, und dort sah sie die Frau auf der Straße auf sich zukommen. Sie erkannte sie sofort. Sie hatte sich nicht verändert, Sarah wollte sich umdrehen und weglaufen, aber die Frau hatte sie gesehen, obwohl sie erst unsicher schien, wer dieses junge Mädchen mit dem Kinderwagen war. Als sie auf Sarah zukam, blickte sie angestrengt, als wollte sie jemanden erkennen, den sie kannte. Als sie näher kam, rief sie plötzlich aus, ach, du bist das! Du bists! Du bist zurück!

Sarah sagte nichts. Sie konnte nicht. Sie spürte, wie ihr ein harter Kloß im Halse hochstieg. Sie wußte nicht, ob sie wütend werden und die Frau übel beschimpfen sollte oder nur mit der Schulter zucken und der Frau sagen, daß alles in Ordnung sei.

Was ist passiert? Wie war es? Die Frau fragte, als sei sie wirklich besorgt. Jetzt stand sie neben Sarah und beugte sich über den Kinderwagen, um das Baby zu betrachten. Ach, was für ein süßes kleines Baby, sagte sie, was für ein hübsches Gesichtchen. Ist das dein Kind?

Sarah schüttelte den Kopf ...

Natürlich nicht, du bist ja noch viel zu jung, sagte die Frau mit gequältem Lächeln.

Sarah wollte wegrennen, wollte die Frau beiseiteschieben und rennen, aber die Frau hielt sie am Arm fest und sagte, ich bin so froh, daß du zurück bist, oh, du kannst dir nicht vorstellen, wie froh ich bin.

Und wieder sagte Sarah nichts. Sie riß nur ihren Arm aus dem Griff der Frau und ging weiter. Die Frau ging ihr nach und sagte, du mußt einen Abend mal zum Essen vorbeikommen. Bitte versprich, daß du kommst. Wir wohnen immer noch in derselben Wohnung. Dann kannst du uns alles erzählen. Du kommst doch, oder? Ich koch auch was Gutes.

Natürlich ging Sarah nie hin. Aber wenn sie gegangen wäre, dann hätte sie vermutlich Sachen gesehen, die einmal ihrer Mutter gehört hatten. Alte Teller und Tafelsilber, die jetzt unter den Sachen der Frau waren, ein ausgeblichenes Tischtuch, das immer noch die gestickten Initialen ihrer Mutter zeigte. Vielleicht hätte sie einige der Möbel wiedererkannt. Nicht viel. Nur die kleinen Dinge, die die Bewohner des Hauses aus der Wohnung mitnahmen, da sie wußten, daß Sarahs Familie nicht zurückkehren würde. Und warum auch nicht? Warum hätten all diese Dinge vergeudet werden sollen?

Nachdem Sarah in die Wüste gezogen war, vergaß sie bald diese Frau. Sie wurde unwichtig. Doch ab und zu erinnerte sich Sarah an Josette und fragte sich, was ihr wohl zugestoßen war. Nach dem Krieg versuchte sie es herauszufinden. Sie und ihr Cousin gingen sogar in die Straße, wo Josette in den Türeingängen zu stehen pflegte, und fragten einige der Mädchen, ob sie Josette kannten und wohl wüßten, wo sie sei. Keine von ihnen schien sich an ein Mädchen dieses Namens zu erinnern. Sie hatte rötliches Haar und Sommersprossen und sie trug stets lilafarbene Kleider, erklärte Sarah.

Man könnte darüber spekulieren, was aus Josette geworden ist, aber das würde nur zu noch mehr Pathos führen. Aber wo immer sie auch jetzt ist, Josette wird sich wohl auch ab und zu zärtlich an das kleine tränenüberströmte Mädchen erinnern, das in ihr Leben trat und ihr Mitgefühl beibrachte. Und das ist der Grund, warum es so überaus wichtig ist, daß Sarah und ihr Cousin wieder und wieder dem Lärm ihres konfusen Anfangs lauschen. Denn der Fatalität dieses Anfangs können sie nicht entrinnen, sie können sich nur daran gewöhnen.

Und während Cousin und Cousine sich dem ursprünglichen Chaos ihres Lebens zuwenden und nach Gründen suchen, warum sie überlebt haben, werde ich vielleicht dort auch die Mittel finden, ihre Geschichte zu einem Ende zu führen. Im Anfang ...

Mittwoch, 8. März

Ich stecke mal wieder fest. Die letzten vier Tage habe ich mich gefragt, wie ich diese Geschichte nennen soll. Mehr nicht. Mehr ging nicht. Diese Frage hielt mich vier Nächte hintereinander wach, ich entwarf alle möglichen Titel im Kopf und verwarf sie gleich wieder. Ich hänge fest, bin nicht in der Lage weiterzumachen, bis ich den richtigen Titel gefunden habe.

Stimmt schon, in den vergangenen Monaten habe ich eine Reihe möglicher Titel vorgeschlagen. Ein paar fanden sogar Deine Zustimmung. Aber erinnere Dich, sie wurden alle abgelehnt oder beiseitegeschoben, einer nach dem anderen.

Zuerst hieß sie einfach nur SARAH. Das schien nicht genug zu sein, denn wenn man den Cousin ausläßt, konnte man die Symmetrie der Geschichte nicht erkennen. Also wurde daraus SARAH & IHR COUSIN. Aber das verriet zuviel und barg kein Geheimnis mehr.

Eine Weile spielte ich mit der Idee DAS ERSCHAFFEN & ENTSCHAFFEN EINES BUCHS. Was für eine Genußsucht, sagtest Du. Warum auf das Offensichtliche hindeuten. Den Titel ließ ich schnell fallen.

Danach dachte ich ernsthaft an DIE CHRONIK EINES DESASTERS. – Es schien mir passend zu sein für das, was damals geschah oder nicht geschah. Wieder warst

Du unzufrieden, sagtest, daß DESASTER, bezogen auf die unverzeihliche Greueltat, diese zur Banalität verkommen ließe, und bezogen auf das Erzählen der Geschichte selbst, diese aufs Triviale reduziere. Da hattest du recht.

Ein paar Wochen gefiel mir EINE ZEIT DER BEHAGLICHKEIT. Aber Du argumentiertest, daß es wohl eigentlich EINE ZEIT DES UNBEHAGENS heißen müsse. Ich widersprach und wies darauf hin, daß UNBEHAGEN dem Titel die Ironie nehmen würde. Letztlich ließ ich beide fallen. Sie waren für unsere Zwecke sowieso zu lyrisch. Und irreführend, denn schließlich geht es hier nicht um des Schreibers Winter der Verzweiflung, sondern um den Frühling des Bangens, dem sich Cousin und Cousine gegenübersehen.

Hier stehe ich nun. Wieder ohne Titel, unfähig, einen Schritt vorwärts zu tun. Ich könnte zu dem keineswegs vielversprechenden SARAH oder vielleicht zu SARAH & IHR COUSIN zurückkehren und es dabei belassen, aber das wäre ein echter Rückschritt. Doch heute morgen, bei der Suche nach der richtigen Kombination von Wörtern, an die ich die Geschichte hängen könnte, fällt mir plötzlich ein, wie Du einmal die Ungenauigkeit in Frage stelltest, die ich dem Leben der beiden aufzudrücken beschlossen hatte, die Ungenauigkeit von Zeit und Ort, und mir fällt auf, daß man ihre Geschichte vielleicht HIER & ANDERSWO nennen könnte. HIER der Ort, wo wir in Worten vereinigt sind, und ANDERSWO der Ort, an dem Sarah und ihr

Cousin durch die Ereignisse getrennt wurden. HIER, wo ich versuche, die Geschichte zu erzählen, ANDERSWO, wo sie geschah.

Und dann gibt es da noch WEITERE AUFGABE, da die Geschichte und das, was sie nährt, ständig aufgegeben werden. Doch eigentlich könnte man doch einfach, angesichts der Tatsache, daß das ganze Ding vielleicht niemals kohärent wird und stets nur die Brieffragmente bleiben werden, die Du vor Dir hast, sagen, daß die Geschichte in ihrer Unentschlossenheit und Formlosigkeit sich an den richtet, DEN ES BETRIFFT, und weitermachen.

Wir haben uns und anderen doch immer durch Ungenauigkeiten und Fehlrichtungen Freude gemacht. Wenn dieses Buch jemals angenommen wird, dann nur von denjenigen, die sich für das interessieren, was hier erzählt wird oder nicht erzählt werden kann.

Ungenauigkeit und falsche Richtungen. Ich hatte ernsthaft überlegt, alle Namen zu streichen. Alle Personennamen, wie ich es mit den Orten gemacht habe. Auch Sarahs Namen. Alle sind anonym. Namenlos. Es wird nur von Cousins, Kindern, Nachbarn, Soldaten, Feinden, Freunden gesprochen. Schließlich ist dies ja eine Geschichte der Auslöschungen. Warum also nicht alle Spuren von Vortäuschungen beseitigen und eine Geschichte erzielen, die sich selbst aller Querverweise entledigt.

Irgendwas ist los heute morgen. Bestimmt. Auch wenn ich es nicht greifen kann. Unter all diesem Herumsuchen geht mir auf, daß ich vielleicht der einzige Interpret der dunklen Seite dieser Geschichte bin. Ein unheimliches Gefühl. Man könnte glatt an Schicksal glauben. Wie ungeheuer absurd. Aber vielleicht findet sich in diesem Annäherungsversuch die Notwendigkeit und die Einzigartigkeit der Geschichte von Cousin und Cousine.

Nachdem ich erzählt hatte, wie Sarah zurückgelassen und dann im Zimmer einer Prostituierten versteckt wurde und wie ihr Cousin in einem Wandschrank eingesperrt war und seine Angst auf eine Zeitung schiß, ging mir auf, daß ihre Geschichte eigentlich keine so besonders einzigartige Geschichte war. Viele Jungen und Mädchen sind während des großen Krieges auf den Straßen zurückgelassen oder in Schränken versteckt worden, und viele gutherzige Menschen, Prostituierte oder Nonnen, kümmerten sich um diese Kinder und retteten sie, so daß all dies letztlich ganz banal wird.

Wie also soll man sich mit der Arroganz dessen auseinandersetzen, was ich bis hierher von Sarah und ihrem Cousin erzählt habe? Vielleicht sollte man ihre Geschichte so nennen: DIE ARROGANZ DES GESCHICHTENERZÄHLENS.

Dienstag, 21. März

Wenn du nachts allein im Dunkeln auf die Blitze wartest, die mit der Schlaflosigkeit einhergehen, geschieht immer etwas. Da liegst du im Bett und Stück für Stück dehnen sich die Nerven, als ob jemand in deinem Hinterkopf einen Schlüssel dreht, diesen großen Schmetterlingsschlüssel, mit dem man mechanisches Spielzeug aufzieht. Sie strecken sich im ganzen Arm, den Nacken entlang und die Wirbelsäule hinab. Die Nerven werden länger und angespannter. Auch die Augen werden gestreckt, so daß die Augenlider nicht mehr passen und du zu starren beginnst. Das Starren ist die Hauptsache. Du denkst, du kannst sehen, ganz gleich, wie dunkel es ist. Und es stimmt, aber alles ist flach und strammgezogen, hat keine Dicke. Und du denkst, das wird jetzt immer so sein. Alles wird flach bleiben. Auf der Wand springt etwas auf und ab. Ein winziger schwarzer Fleck, wie eine Spinne. Eine flache Spinne. Dieser winzige Fleck ist der Schlaf, den du zu fangen versuchst. Also konzentrierst du dich darauf und versuchst ihn größer zu machen, damit du hineinkriechen und schlafen kannst. Du versuchst intensiv, dich davon zu überzeugen, daß er wächst und der Schlaf kommt, damit du nicht mehr denken mußt, an das Buch, daß du schreiben sollst und daß du nicht schreibst. Und du starrst. Du starrst so fest, daß dir die Augäpfel schmerzen, aber du kannst den dunklen Fleck nicht festhalten. Er bewegt sich. Rauf und runter. Er schrumpft. Verschwindet.

Kommt zurück. Dann rutscht die Spinne plötzlich auf die eine Seite, die Wand hinauf, an die Decke. Du kannst ihn nicht festnageln. Also jagst du ihn, beobachtest ihn, damit er still sitzt, damit du ihn wieder wachsen lassen kannst. Und dann kommt der Schmerz der Niederlage, wenn der Wunsch nach Schlaf zur Folter wird. Es ist zum Verrücktwerden ...

Letzte Nacht wieder. Ich jagte diese Spinne über alle Wände und die Decke des Schlafzimmers. Meine Frau schlafend neben mir, jedenfalls tut sie so. Manchmal jagt sie ihre eigene Spinne. Ich fing an, Gefallen an der Jagd zu finden, trotz der Qual, als sich die Spinne plötzlich in einen hellen Lichtfleck verwandelte, in einen gelben Stern auf der Wand, und wuchs und wuchs, bis er in eine leuchtende Leinwand explodierte, eine Kinoleinwand, und die Flecken der Schlaflosigkeit sich in Bilder verwandelten. Direkt vor meinen Augen. Und ich starrte völlig verblüfft hin.

Auf der Leinwand sah ich Sarah und ihren Cousin, und beide waren so real. Genauso wie ich sie mir immer vorgestellt hatte. Sie saßen in einem Garten. In dem Garten hinter Sarahs Haus, am Rande der Wüste. Ich konnte den Sand sehen, der sich bis zum Horizont erstreckte, dort, wo die blaugraue Linie des Tages verblaßte. Es war Abend. Cousin und Cousine saßen sich in tiefen Gartensesseln gegenüber, vom Zwielicht umgeben. Irgendwie hatte ich es bei der Spinnenjagd geschafft, nach vorn zu projizieren. Der Cousin wartete nicht länger am Flughafen. Sein Flug war am Ort der Wiederbegegnung eingetroffen. Und nun war er bei Sarah, am ersten Abend seines Besuchs, im Garten hinter ihrem Haus, und sie redeten miteinander. Stellten sich gegenseitig Fragen, die sie in fünfunddreißig Jahren nicht gefragt hatten.

Aber vielleicht war das gar nicht ich, der da der Zeit vorausgeeilt ist, sondern der Cousin, und ich bin ihm bloß gefolgt, während meine schwarze Spinne da auf der Wand hockte. Während er am Flughafen wartete und sich vor der Begegnung mit Sarah fürchtete, hatte der Cousin mit geschlossenen Augen, oder vielleicht in den Nicht-Raum der Wartehalle starrend, geprobt, was er wohl sagen würde, wenn Sarah ihn nach seinem Leben und seiner Arbeit fragen würde, und vielleicht auch, was sie über sich erzählen würde. Die Szene, die ich beobachtete, fand nicht auf der Wand in meinem Schlafzimmer statt und auch nicht in meinem Kopf. Sie spielte sich im Geiste des Cousins ab, wurde dort durchgespielt, und irgendwie hatte ich es geschafft, mich dort einzurichten. Ich war nicht länger der Direktor des Dramas des Cousins, sondern nur noch einer der Zuschauer.

Cousin und Cousine sprachen leise miteinander. Ich mußte mich anstrengen, um zu verstehen, was sie sagten. Mußte mich auch anstrengen, ihre Gesichter in der kühlen Dunkelheit auszumachen, die sich langsam über die Wüste legte. Sarah fragte ihren Cousin nach seiner Arbeit, und er erklärte ihr, wie er dies noch nie zuvor getan hatte, nicht einmal sich selbst gegenüber, daß seine Arbeiten eigentlich keine Skulpturen seien, sondern formlose Gegenstände aus rohen Emotionen. Er sprach langsam, aber leidenschaftlich. Er hielt keinen Vortrag, wie sonst, wenn er über seine Arbeit sprach, sondern als ob die Art, wie Sarah ihre Frage formuliert hatte, nach einer einfachen und überlegten Antwort verlangte.

Es war ihm wichtig, daß sie verstand, was er sagte.

Der Cousin hatte erwartet, sich in Sarahs Gegenwart unwohl zu fühlen, schüchtern sogar und distanziert nach all den Jahren. Aber das tat er nicht, und auch nicht Sarah. Sie hatte angenommen, daß sie sich ihrem Cousin, wenn er am Flughafen auftaucht, voller Zweifel und Panik nähern würde. Statt dessen fühlte sie sich sofort beruhigt, als er sie in seinen Armen hielt, und die langen Jahre der Trennung waren augenblicklich ausgelöscht.

Später, als sie zusammen mit Elie beim Essen saßen, waren sie überrascht, wie einfach und leicht die Worte zwischen ihnen flossen. Dann entschuldigte sich Elie und ging zu Bett, als Cousin und Cousine in den Garten gingen. Eine Zigarette rauchend, erläuterte der Cousin nun seine Arbeit. Später würde dann Sarah von ihrem Leben und ihrer Arbeit in der Wüste erzählen.

Schau, sagte er, man kann Gefühle nicht in Form umsetzen, man kann Emotionen nicht in hübsche Formen gießen. Emotionen fließen einfach durch die

Welt. Der menschliche Körper endet nicht an seinen Umrissen. Das ist der Grund, warum die Anwesenheit des Menschen im Raum so dramatisch ist. Das große Paradoxon jener harten Substanz, die die Bildhauer herstellen, liegt darin, daß sie die Unbeweglichkeit abgrenzt und Raum in Schweigen verwandelt. Skulpturen sind leblose Gegenstände. Und dennoch habe ich lange Zeit versucht, Gefühlen Form zu verleihen, Emotionen in Gegenständen auszudrücken, aber ich bin gescheitert. Ich produzierte nur Geometrie. An diesen Werken war nichts Profundes oder Bedeutungsvolles. Nur wenn die Skulptur sich der Geometrie widersetzt, wird sie leidenschaftlich und dramatisch, doch dann ist es keine Skulptur mehr. Also gab ich eines Tages die Sicherheit der Form und das Vergnügen an der Symmetrie auf und ließ meine Arbeiten formlos, aber auch damit bin ich gescheitert.

Wie kannst du das sagen, unterbrach ihn Sarah, wie kannst du sagen, daß du gescheitert bist, wenn deine Arbeiten in aller Welt anerkannt sind, sogar in einem so kleinen unbedeutenden Land wie diesem.

Das heißt nichts. Diese Art von Anerkennung kommt schnell und vergeht auch schnell wieder. Ich bin gescheitert, weil ich nicht fähig war, etwas Form zu verleihen, was nie wieder zurückgeholt werden kann. Der Cousin legte eine Pause ein und wandte sich der Wüste zu. Sarah fragte nicht, was das Unwiederbringliche denn sei, aber als sei ihr Schweigen eine Frage, gab er zur Antwort, die Abwesenheit dessen, was nicht zurückgeholt werden kann, Abwesenheit. Und wieder lag ein Schweigen zwischen ihnen. Und ich war bei ihnen in diesem Schweigen. Dann sagte er, als beendete er einen Satz, den er in seinem Kopf begonnen hatte, du mußt verstehen, ich bin gefangen zwischen dem Wunsch nach Ruhm und dem Drang nach dem Vergessen. Also bin ich eitel genug, in jedem Buch nach meinem Namen zu suchen, aber auch zynisch genug, mich über meinen eigenen Eifer lustig zu machen. Vielleicht wird dieser Kampf gegen meine eigene Kunst meine größte und ausdauerndste Leistung bleiben. Das werde ich natürlich nie wissen, fügte er hinzu, zuckte mit den Schultern und hob seine Hände in einer zweideutigen Geste.

Obwohl das, was ihr Cousin sagte, vage und abstrakt war, verstand Sarah, was er damit meinte. Sie hatte seine Skulpturen im Museum noch nicht gesehen, die Ausstellung sollte erst am nächsten Tag offiziell eröffnet werden, und sie würde ihn dorthin begleiten, aber sie wußte schon, daß seine Arbeiten obskur und wild waren, und sie wußte auch, daß sie sie mögen würde, auch wenn sie sie nicht verstand. Ja, sie wußte schon im voraus, daß seine Skulpturen merkwürdig und vielleicht befremdlich waren, aber sie wußte auch, daß sie profund waren eben in ihrer Ablehnung von Profundität, und das sagte Sarah ihrem Cousin.

Ein liebevolles Lächeln legte sich über sein Gesicht. Er hob eine Hand, als wollte er nach Sarah greifen, aber sie blieb in der Luft hängen und deutete auf etwas im

Dunkeln hin. Du hast dich überhaupt nicht verändert, sagte er. Immer noch so sanft und gedankenvoll wie an dem Tag, als ich dich am Bahnsteig zurückließ. Wie jung, jung und unschuldig wir waren. Nein. Nein, wir waren schon alt und ... er hielt inne, den Mund halbgeöffnet, als warte er darauf, daß sich ein Wort bildete, ... alt und verbraucht, sagte er schließlich, und wieder wartete er auf die Worte ... Du hast keine Ahnung, wie oft ich an dich gedacht habe, wie du da am Bahnsteig stehst. Du hast dich so sehr bemüht, nicht zu weinen, als du zum Abschied gewunken hast. Du kannst dir nicht vorstellen, wie fürchterlich ich mich gefühlt habe, daß ich dich zurückgelassen habe.

Er war überrascht darüber, daß er das sagen konnte.

Es wurde dunkler, obwohl immer noch ein Schimmer vom Horizont über der Wüste hing. Sarahs Gesicht leuchtete auch. Nachdem sie es geschafft hatte, ihr Verlangen all die Jahre zu verbergen, fehlte ihr jetzt die Kraft, ihre Freude zu verheimlichen.

Die beiden redeten weiter miteinander, und ich hörte zu und hoffte, sie würden nicht aufhören, und fürchtete, daß sie es tun würden. Sarah erzählte, wie sie und Elie dieses Haus aus den Steinen und dem Sand der Wüste gebaut hatten und wie sie in diesem Haus ihre Kinder großzogen. Yossi und Tamar sind so aufgeregt, dich kennenzulernen. Sie werden morgen im Museum sein. Vielleicht wirst du etwas von deinem Vater oder meiner Mutter in ihren Augen entdecken. Sie haben uns viel Freude bereitet. Und viele Sorgen. Es ist nicht einfach, hier Kinder großzuziehen. Elie ist ein stiller Mensch, du hast es bemerkt, still und sanft, aber er kann auch stark und furchtlos sein, wenn es darum geht, die zu beschützen, die er liebt. Wir haben hart zusammen gearbeitet, und außer unseren Kindern gibt es nicht viel, was wir vorzuweisen haben. In diesem Land befindet sich alles in einem Dauerzustand des Wandels und der Erosion. Die Vergangenheit gehört niemandem, die Zukunft auch nicht. Als wir hier ankamen, sah es hier aus wie in einem toten Vulkan. Der Ort war menschenleer. Wir versuchten, ihn zu füllen, aber die Wüste ist starrköpfig, sie verweigert sich dem Fortschritt. Die Wüste gibt nichts, sie nimmt nur. Man wird hier zur Eidechse, man fängt an, dem Wüstensand zu ähneln.

Beim Zuhören bewunderte der Cousin Sarahs stille Kraft, ihre Ruhe und Klarheit, aber vor allen Dingen bewunderte er ihre Schönheit. Er hatte erwartet, Sarah würde sentimental und voller Selbstmitleid sein, statt dessen fand er nur Kraft an ihr. Das zerbrechliche und ängstliche junge Mädchen, das er auf dem Bahnsteig zurückgelassen hatte, hatte sich in eine wunderschöne Frau verwandelt. Wenn auch ihr Gesicht von der Wüstensonne ausgetrocknet und ihr Körper gebeugt und sehr muskulös war, so lag doch eine Schönheit in ihren Gesten, in der Art, wie sie ihren Kopf leicht geneigt hielt, in der Art, wie sie in die Entfernung schaute, als ob sie darauf warte, daß dort plötzlich jemand erscheine. Und es lag eine Schönheit in ihrer Art zu sprechen. Alles klang so einfach, so unkompliziert.

Sarah beschrieb nun, wie sie ihren Garten der Wüste abgetrotzt hatte. Sie liebte diesen Garten mit seinen Blumen, seinem Grasstück und seinen trotzigen Pflanzen. Abends, nach den langen Stunden auf den Feldern der Lagerfarm, verbrachte sie einige Zeit in ihrem Garten, bis es zu dunkel war, etwas zu erkennen. Sie zupfte das Unkraut aus den Blumenbeeten, goß die Pflanzen, schnitt die trockenen Blätter ab oder saß nur da und dachte nach, während ihre Finger mit einem Blatt oder einem Blütenkelch spielten. Elie kam selten in den Garten. Er blieb im Haus, wenn Sarah hier draußen war. Er las, ordnete seine Photoalben, hörte Musik. Er begriff, daß Sarah allein sein mußte.

Abends im Garten dachte Sarah über das Leben nach. Was sie als Kind während des Krieges und später als junge Frau durchgemacht hatte, als sie hierher kam, zeigte ihr, wie übergroß der Wert, nicht der Kunst, sondern des Lebens war. Hier in der Wüste lernte Sarah, allen emotionalen Luxus abzulegen. Die Zeit, die sie im Garten verbrachte und nachdachte, während ihre Hände mit den Blumen beschäftigt waren, war ein wichtiger Teil ihres Tages. Nach so vielen Jahren in diesem Land der Verheißungen, von denen viele nicht erfüllt wurden, begriff sie, daß man innerlich ruhig sein mußte, um die Außenwelt in den Griff zu bekommen.

Sarah versuchte, dies ihrem Cousin zu erklären, denn sie hatte das Gefühl, daß in ihm eine große Verwirrung herrschte, obwohl er so gefaßt und selbstsicher schien. Doch wie konnte sie ihm die große Bedeutung der inneren Ruhe oder gar die Notwendigkeit der Niederlage klarmachen?

Hier gedeihen das ganze Jahr Blumen, wenn man sich um sie kümmert, erklärte Sarah ihrem Cousin, der nach einer Tulpe neben seinem Stuhl griff, nicht um sie abzureißen, sondern um ihre weichen Blütenblätter zu berühren. Diese Blumen sind kein Luxus, sagte sie, sie sind notwendig. Was hier nicht notwendig ist, ist nur hinderlich.

Der Cousin erwiderte nichts, er nickte nur in einer langsamen Geste der Zustimmung mit dem Kopf ...

Eine Lautsprecherstimme in der Wartehalle des Flughafens kündigt einen Abflug an, aber die Ansage betrifft nicht seinen Flug. Mit weiterhin geschlossenen Augen und leicht wackelndem Kopf hört er immer noch Sarah in der Entfernung sprechen.

Der Cousin hat Sarahs Haus noch nie gesehen; auf keinem der Photos, die Sarah ihm schickte, war das Haus abgebildet, und dennoch kann er es sich ganz genau vorstellen, während er in der Zeit vorauseilt. Ein einfaches Haus, sogar eher grob in seinen Strukturen, aber solide und gemütlich. Genau richtig. Und auch der Garten. Er kann den Garten sehen, in dem er mit Sarah sitzen und sich unterhalten wird.

Und als ich letzte Nacht die Wände meines Schlafzimmers anstarrte, konnte ich auch Haus und Garten sehen, und Cousin und Cousine, die in der Abenddämmerung sitzen, und ich hörte Sarah ihren Cousin fragen, ob er glücklich sei.

Glücklich! Was heißt das schon? Der Cousin war jetzt aufgestanden. Er war ein paar Schritte auf den Gartenrand zugegangen. Mit dem Rücken zu Sarah. Er dachte darüber nach, wie die Blumen und Pflanzen dem blanken Sand direkt neben ihnen zu trotzen schienen.

Da er erst spät am Tage eingetroffen ist, hat der Cousin die Felder noch nicht gesehen, die die Menschen der Lagerfarm der Wüste abgerungen hatten. Am nächsten Tag, wenn Sarah und Elie ihm die Felder zeigen, wird er begreifen, daß sie mit der Wüste kämpften, um diese Felder herauszuschnitzen, während er allein mit seinen Metall- und Steinbrocken kämpfte, und er wird verstehen, daß ihr Kampf schwerer war und ein größerer Erfolg, obwohl Sarah darauf beharren wird, daß sie gescheitert seien.

Glücklich, wiederholt er und wendet sich Sarah zu. Kann man jemals glücklich sein? Sicher, meine Frau und meine Tochter haben mir Glück beschert, aber sobald man sich dem Glück ergibt, hat man es auch schon wieder verloren, und es wird sinnlos, sich auf das Glück zuzubewegen, nur um es wieder zu verlieren. Er wollte gar nicht so pompös klingen. So negativ. Sarah gegenüber wollte er klare und positive Worte gebrauchen. Doch plötzlich fühlte er sich unwohl, angespannt, grobklotzig mit seinen eigenen Wörtern, und je mehr er sich selbst zu erklären versuchte, desto größer schien die Kluft zwischen ihnen zu werden, die Distanz, die sich urplötzlich geschlossen hatte, als sie sich auf dem Flughafen umarmten.

Im Gegensatz dazu fühlte sich Sarah immer wohler, während sie den Gesten ihres Cousins zuschaute, während er sprach. Er war genau so, wie sie ihn sich vorgestellt hatte. Komplex und abstrakt, aber auch schüchtern und sensibel und leicht zu durchschauen. Vorher, als sie auf seine Ankunft wartete, dachte sie, sie würde sich von ihm einschüchtern lassen, doch statt dessen fühlte sie sich augenblicklich wohl und hatte alles im Griff. Überhaupt nicht mehr die sich fürchtende unsichere kleine Schwester, die sie ihm vor vielen Jahren war, sondern die ältere Schwester, die ihren jüngeren Bruder mit ironischer Zärtlichkeit betrachtet. Also zögerte Sarah nicht, ihn nichtendenwollend auszufragen über sein Leben, über seine Frau und seine Tochter. Fragen, die er Sarah nicht fragen konnte, vielleicht weil hier zu sein und zu sehen, wie sie lebte, schon Antwort genug zu sein schien. Sarah wollte alles wissen, und er gab ohne es zu wollen mehr über sich preis, als er es zu tun gewohnt war, und erzählte Sarah davon, wie er sich jahrelang mühte, sich selbst zu finden, und wie er eines Tages seine Berufung erkannte und er von seiner Kunst besessen war, wie er seine Frau traf und sich verliebte und wie sie über fünfundzwanzig Jahre lang einen Dialog aufrechterhielten, der sie Tag und Nacht verband, und er erzählte Sarah, wie sehr er seine Frau und seine Tochter liebte und wie wichtig sie ihm waren. Wie sie ihn verstanden, seine Stimmungen ertrugen, sich über seine Eitelkeit und seinen Übereifer lustig machten. Selbst seine Arbeit war unbedeutend im Vergleich zu dem, was sie ihm bedeuteten. Er war überrascht, daß er dies sagte, aber irgendwie hatte er das Gefühl, daß er Sarah gegenüber alles erzählen konnte, alles, was er in all den Jahren nicht aussprechen konnte.

Aber er war nicht hierhergekommen, um über sich selbst zu sprechen, über sein Familienleben oder über seine Arbeit. Er war gekommen, um ein für alle Mal herauszufinden, was Sarah im Krieg zugestoßen war. Er war gekommen, um Zugang zu finden zu den dunklen Ereignissen in Sarahs Vergangenheit, die es ihm vielleicht erlauben würden, Zugang zu seiner eigenen Vergangenheit zu finden. Natürlich wußte er, daß dieser Zugriff auf ein Ereignis aus der Vergangenheit niemals direkt sein kann, sondern daß er stets durch falsche Wiedergutmachung manipuliert wurde. Aber er wußte auch, daß man sich solcher Wiedergutmachung widersetzen mußte, auch wenn es dadurch unmöglich wurde, sich der Wahrheit zu nähern. Hier, zusammen mit Sarah, wurde ihm nun klar, daß er und Sarah ihre Unfähigkeit, glücklich zu sein, nicht durch noch so befreiende Erinnerungen ablegen würden, und dies wegen des willkürlichen Prozesses in ihnen, der das ursprüngliche Chaos ihres Lebens immer weiter seiner Auslöschung näherbringt.

Letzte Nacht, als ich Cousin und Cousine bei ihrem Gespräch im Garten zuhörte, als ich ihnen dabei zuschaute, wie sie von der ersten Freude der Wiederbegegnung zu Erklärungen über ihre Niederlagen übergingen, fiel mir auf, daß es letztlich nicht ihre Geschichte ist, die mein Werk authentisch werden läßt, sondern ihre Gesichter werden Beweis sein für die zentrale Bedeutung dessen, was aufgezeichnet werden muß. Ihre Gesichter und ihre Präsenz.

Und plötzlich hörte ich Sarah sagen, als tauche sie aus einem tiefen Gedanken auf, was uns vor vielen Jahren zustieß, wird mir immer eine tiefe Wunde bleiben.

Nach einem Moment des Schweigens sagte ihr Cousin, ja, aber aus dieser Wunde haben wir beide unser Leben geformt. Und dann fügte er hinzu, die Welt, in der wir leben, bietet uns bestenfalls eine verstümmelte Scheinexistenz, man erwartet von uns, daß wir entweder die Augen verschließen oder Kompromisse eingehen. Sarah erwiderte nichts, aber sie spürte, daß das, was er gerade gesagt hatte, genau ihren Gedanken entsprach. Wie merkwürdig und doch logisch das Verständnis zwischen ihnen beiden war. Es war, als wären sie nie getrennt gewesen, als hätten sich ihre Gedanken immer vermischt.

Während sie so in dem Garten saßen, es war nun völlig finster, ließ ihr Dialog plötzlich meine Worte bedeutungslos werden. Während sie zuhörte, wie ihr Cousin von seiner Arbeit sprach, von seinem Leben als Bildhauer, begriff Sarah, daß es nicht länger notwendig war, die Fragen zu stellen, die zu stellen sie fünfunddreißig Jahre lang gewartet hatte. Sie hatte ihn fragen wollen, was geschehen war, nachdem er aus dem Wandschrank kam. Wie er über seine Arbeit sprach und über sein Leben, war die Antwort. Und auch der Cousin begriff, daß er nicht mehr länger danach fragen mußte, was geschehen war, nachdem die alte Frau gestorben war und der Priester sie bei sich aufnahm. Sarahs Garten und wie sie von den Blumen und der Wüste sprach, war Antwort genug. Ja, die Blumen und die Wüste waren die Antworten auf die Fragen, die zu stellen er so lange gewartet hatte.

Es hatte fünfunddreißig Jahre der Trennung voneinander bedurft, damit Cousin und Cousine lernten, daß die Kraft nicht aus dem Wissen oder der Erinnerung erwächst, und auch nicht aus der Erkenntnis, sondern aus kleinen Gesten und unbedeutenden Wörtern. Und während ich Cousin und Cousine weiter zuhörte, während ihre Gesichter in der Dunkelheit verschwammen, begriff ich, daß ihre Geschichte stets unbeendet bleiben wird ... und dennoch, obwohl der Schlaf endlich zu mir kam, schob ich ihn beiseite, um den beiden weiter zuzuhören ...